Bunsen Burner with Rylee
Presents

斯堪地聯邦冒險手記

The Tales of Skandia Federal

I

漁人司祭與冒險者

—斯堪地聯邦冒險手記—

✦ 第１章 page.005

✦ 第２章 page.037

✦ 第３章 page.065

✦ 第４章 page.085

✦ 第５章 page.109

✦ 第６章 page.135

✦ 第７章 page.157

✦ 第８章 page.183

✦ 第９章 page.209

✦ 第10章 page.235

✦ 番　外 page.245

✦ 後　記 page.251

○ ○ ○

The Tales of Skandia Federal
volume one

contents

「保持緘默，堅定本心，必將無堅不摧。」

——伊薩克振・理斯

北之海域，頂級鍛造師

斯堪地聯邦冒險手記

CHAPTER ONE

第1章

The Tales of Skandia Federal

「請問。」

血滴隨著問句落到他前方的土地上。

哈德蘭停下手中的動作，隨手握起身側的魚叉，他的目光從眼前帶著青綠鱗片的精壯大腿一路上移，滑過插在男人上臂的半截匕首，掠過男人頸側微微翕動的鰓，對上一雙藍如寶石的眼瞳。

是漁人。

「什麼事？」

哈德蘭帶著三分警戒與五分防衛慢慢站起身，細長的魚叉尖端朝地，垂在他身側。

「我想去伊爾達特，要往哪裡走？」

漁人彬彬有禮的態度，彷彿是在何珊女伯爵的年度盛宴裡，意外於彎彎繞繞的地洞迷路，只得以最謹慎客氣的語氣詢問剛好路過的賓客。

前提是，伊爾達特不是別稱死亡沙漠之處的話。

「看到前面那座高山了嗎？在山的背後。」

哈德蘭隨手往左前方一指，那座高山聳立入雲，遠遠就能看見。

漁人順著哈德蘭的食指往那方向看了一眼，「要怎麼繞到山的背後？」

「你必須爬過那座山，沒有別的路。」

漁人退後一步，隨手拔起額上的頭飾，扔到哈德蘭腳邊。

「這是謝禮。」

漁人轉身朝那座高山走去，滴滴鮮血落在他留下的腳印上。

哈德蘭撿起那串頭飾，頭飾上鑲綴著璀燦的藍寶石，如同漁人那雙漂亮的眼睛。

「等一下。」哈德蘭起身，「你最好處理一下傷口。」

漁人懶洋洋地說：「它自己會好。」

哈德蘭抬手，魚叉瞬間筆直射出。漁人停下腳步側轉過身，魚叉與他錯身而過，下一刻，烏黑的液體噴在他的腳邊。

漁人回過頭，瞧見一隻長約他六個上臂、寬約他手腕粗的墨色長條生物被魚叉牢牢釘在地上，生物下方的土地被一灘汙濁液體逐漸染黑。

「那你還沒走到那座山下，就會被血蛭咬死。」哈德蘭轉身逕自邁開步伐，也不管身後的漁人有沒有跟上，「跟我來。」

他走了兩步，感覺到身後跟上的陌生氣息，咧嘴一笑。哈德蘭走到自己的小屋，拉開大門站在門邊，偏頭往門內一點。

「進來吧。」

漁人慢吞吞地踏進他的屋子，木屋內有一座木床、一把木椅、一張木製的圓桌，壁爐點著火，牆上點著幾盞煤油燈，地上鋪著一大塊紅綠相間的地毯，另一側牆壁有著等身高的木櫃，堆滿雜物。

哈德蘭指著那塊紅綠色地毯，「我這裡沒什麼客人，只有一把椅子，你坐這。」

漁人迅即無聲地走過去，坐上地毯。

哈德蘭翻找著藥瓶和紗布，「我不知道這種藥對漁人有沒有效……」

「如果對人類有效，對漁人也有。」漁人簡潔回答。

哈德蘭不再多說，替漁人拔出匕首，用乾淨的棉布壓在傷口上方，等血止住後，他換了另一塊用清水沾溼的棉布，擦拭漁人傷口旁的髒汙，抹上特製的藥膏，再纏上乾淨的紗布。

「只要有一點血味，你就會被血蛭纏上，建議你過幾天再上路。」

漁人不慌不忙地問：「你是勇士哈德蘭？」

「你找錯人了。」哈德蘭的嘴角扯開了稱不上微笑的弧度，「看在那些藍寶石的份上，你可以在這裡睡幾天。」

漁人勾了勾唇。

根據他得到的情報，「勇士哈德蘭」獨居，黑髮黑眼五官深邃，身材壯碩身手矯健。這附近完全符合以上條件的人類，他還沒看見第二位。

再加上這男人剛才隨手使用魚叉的精準射擊能力與臂力，他不會認錯人。

近二十年來，斯堪地大陸的氣候產生劇烈變化，降雨的週期愈來愈長，各地的河川逐漸乾涸。而久久降雨一次，卻又是狂風暴雨，海平面年年上升，沿海幾乎不能住人。

哈德蘭透過玻璃窗往外看，天空比昨日暗得更早，遠方的海浪逐漸捲起，緩緩朝海岸線前進，彷彿蟄伏許久的士兵，正準備給敵人迎頭痛擊。

屋裡的漁人正雙手環胸，斜靠在牆邊假寐，手臂上的繃帶染著深褐色的血漬。這是好事，代表他的藥膏有用，傷口已經止血。

柴火燃燒的霹啪聲響驅散了寒意，哈德蘭又往壁爐裡丟了幾根木柴，拍下指掌之間的柴屑，忽然想到室內的溫度或許對漁人來說太高。

哈德蘭抬頭看向漁人，對方正張著那雙如藍寶石般閃爍的眼睛望著他，於是他淡淡地說：「你覺得太熱的話，可以把窗戶打開。」

漁人輕輕搖頭，「我可以忍耐。」

「在這裡等著。」

哈德蘭起身打開內室的門，門後通往一座地窖。他走下樓梯，腳步聲消失在黑暗之中。

不久，哈德蘭的身影再度從陰影中冒出來，手裡拿著一塊白色絲布，布裡包著幾塊雪白晶石，他將晶石連同絲布交給臨時造訪的客人。

「你把這個抱在懷裡，就會感到涼快許多。」

漁人接過他的善意，將整塊絲布揣進懷裡。哈德蘭觀察著漁人，察覺到對方有一絲放鬆。

「你這麼怕熱，活不過伊爾達特。」

哈德蘭又往壁爐裡丟了一根柴火。

漁人捏起一塊雪晶，拿到眼前細細端詳，「這個就能解決我的問題。」

從哈德蘭的角度看過去，雪晶正好與漁人的藍眼睛相疊，彷彿兩種寶石相互輝映，藍白色的光芒像極了傳說中的藍白金。他停了一瞬，又說：「沒人替你帶路，你還沒走到那裡就會送命。」

「我可以想見。」

漁人漫不經心地答話，他藉著屋內的燈光，反覆檢視手裡的雪晶。

半晌，漁人依依不捨地移開目光，看向哈德蘭。

「所以我先來找你。」

如果說有誰能從「死亡沙漠」中成功生還，那就只有他眼前這位傳說中多次進出伊爾達特的人類勇士了。

哈德蘭・杜特霍可是近二十年來，第一批走出伊爾達特的人類探險隊成員之一，當年年僅二十歲。

其後他率領自己的探險隊，數度進出伊爾達特，替斯堪地聯邦帶回異常珍貴的物種。經過探險隊公會的研究，那些來自伊爾達特的生物毒性猛烈且特殊，在醫學與軍事上都有極大的用途。

「給我一個必須跟你去的理由。」哈德蘭毫不動容，「漁人去那裡幹嘛？」

漁人打量著哈德蘭，思量著是否該坦白。

「你最好說實話，否則我會把你丟在半路上。」

哈德蘭起身，替自己倒了一杯雪透酒，「你要來一點嗎？」

雪透酒是小麥酒經過多次蒸餾而成，屬於烈酒的一種。

「謝謝。」漁人點頭。

哈德蘭也替對方倒了一杯，「你的名字。」

「皮拉歐。」

漁人端起玻璃杯淺淺嘗了一口，辛辣的酒意瞬間入喉，他咳了一聲，將酒杯放在一邊。

哈德蘭用一秒決定不取笑對方不擅酒量還硬要裝模作樣，轉回正題，「那麼，皮拉歐。告訴我，你上岸來幹嘛？」

在漁人國度深處，供奉著一座巨大的藍金豎琴。

豎琴的來歷已不可考。漁人國度的司琴者會定期彈奏藍金豎琴，用安魂曲平息紊亂的海流，維護海洋和諧，海洋各族生物便以漁人為尊。

司琴者的選拔由上一任司琴者親自進行，針對琴技、體能、應變、共鳴四門項目評分。

琴技是最初步的關卡，考的是彈奏的技藝。古老的安魂曲有許多特殊指法，司琴者必須精通全部。

第二關是體能。司琴者彈奏安魂曲時，一彈即要半日以上不可中斷，否則便要重來。司琴者需具有良好的體能，不間斷地彈奏。

第三關是應變。司琴者除了定期彈奏安魂曲之外，若海流因天氣或失控的物種引起劇烈變動，司琴者便需要彈奏藍金豎琴制衡。因此司琴者必須擁有良好的應變能力，針對各種突發狀況彈出相應的曲目。

第四關是共鳴。此為最困難的一關，也是無法經由鍛鍊精進的項目。司琴者彈奏的樂曲要能和海洋同步共鳴，這是一種與生俱來的天分，若做不到這一點，即便有再良好的琴技、體能與應變能力，也無法成為司琴者。

皮拉歐．理斯的家族代代皆為司琴者，是漁人國度裡重要的琴師一族。理斯家族的血液似乎天生就帶著與海洋共鳴的能力，在司琴者選拔中，若有候選者出自理斯家族，他們的共鳴分數一向是所有候選者中最高的。

「所以你是琴師？」哈德蘭打量漁人健壯的手臂和大腿，「你看起來像負責狩獵的。」

皮拉歐露齒一笑，「謝謝，我保證我有能力餵飽我的伴侶和家庭。」

事實上在哈德蘭使用的語言中，「負責狩獵」可不算是恭維。他決定不破壞漁人的心情，轉而說：「照你的描述，你應該一直待在海裡吧。」

皮拉歐收起笑容，「一直以來，我們都妥善彈奏藍金豎琴，並且定時保養，讓它發揮最好的音色。但是最近，藍金豎琴突然因不明原因毀損了。」

漁人國度裡，那座比現存最老的漁人都還長壽的藍金豎琴，堅不可摧，數百年來維持著海洋的和平，是漁人們的精神象徵。

但在近期藍金豎琴的底座出現裂痕，琴弦陸續斷裂，漁人長老們派遣速箭魚到紅頭貓蝙的領地，詢問著名的先知凱西。

先知凱西，本名凱薩琳娜．多利夫斯，住所位於海洋東北方的洞穴。速箭魚帶著漁人長老的信件與漁人國度特產的藍寶石，請求先知凱西的解答。

先知凱西掐指一算，列出修補藍金豎琴的三項材料，分別是藍玫瑰花瓣、羊腸弦和藍白金。

「我以為藍玫瑰只是傳說。」

哈德蘭喝光了手裡的雪透酒，又倒一杯。

他曾經聽過藍玫瑰的傳聞，它開在幽深的沼澤邊，花期不定、盛開的時間極短，僅有數分鐘，若沒有在開花時摘下便會迅速枯萎。

傳說由藍玫瑰花瓣搾出的汁液，能修復任何生物的傷口，使其完全消失。它的效能太驚人，斯堪地聯邦曾經派人尋找過，但全無功而返。

「它在伊爾達特。」皮拉歐信誓旦旦，「你帶我去，我能感覺到它的氣息，知道它什麼時候會開花。」

哈德蘭斜瞪著他，「你怎麼知道？」

「你就當作這是漁人的天賦吧。」皮拉歐輕描淡寫地說。

哈德蘭往壁爐裡又丟了一根柴火，瞥見皮拉歐悄悄瑟縮了一下。

「兄弟，如果你不想讓漁人從此以後成為斯堪地聯邦那些不法狩獵者的獵殺對象，我建議你最好不要到處說這句話。」哈德蘭停頓了一下，「也許還有合法的狩獵者。」

皮拉歐抿了抿唇，頭往自己的手臂一偏。

「你以為這個傷是漁人下的手嗎？」

哈德蘭順著他的話看過去，「如果是人類做的，我並不意外。」

皮拉歐還想反駁，但哈德蘭的神情制止了他，半晌後才不情願地說：「這是我的天賦，不是所有的漁人都有。準確來說這是司琴者的天賦，我們能感覺到所有和藍金豎琴相關的物品。」

哈德蘭輕嘆了口氣，「你應該感謝我是有良心的合法狩獵者。如果有下一次，這種事你寧死都不能承認。」

皮拉歐嘖了一聲，「你們人類好麻煩，承認也不行，不承認也不行。」

哈德蘭看他一眼，猛然站起身。

皮拉歐驚得反射性一退，警覺地說：「我無意冒犯。」

哈德蘭俯視他，「你睡覺需要毛毯嗎？」

「啊？」皮拉歐茫然地回望，半晌回過神來，「噢，不需要。我靠在這裡就好。」

他靠著牆側睡比較有安全感。

「我要睡了。你也早點休息吧。」

哈德蘭走到木床前，抖開羊毛毯在床上鋪平。

「嘿，那伊爾達特——」皮拉歐不死心地問。

「睡吧。這兩天就會知道答案。」

哈德蘭坐在床沿，脫下靴子躺上床，拉起厚軟的雪熊毯蓋在身上，他翻過身去。

「反正你的傷現在也不能出門。」

輕微的敲擊聲驚醒皮拉歐。

他睜開眼睛，瞧見玻璃窗外有一隻紅棕斑紋的松鼠，松鼠背上背著一卷紙筒，正用大顆的門牙敲擊窗戶。

「哈德蘭。」他警覺地叫醒房屋的主人，「有隻松鼠在敲你的窗戶。」

「打開窗戶，把大聯合報取下來，然後給牠一枚金幣。」

哈德蘭閉著眼，翻過身交代。

皮拉歐走到窗邊，輕輕地將玻璃窗向上推開，露出約莫兩個拳頭高的縫隙。

紅棕松鼠靈巧地鑽進屋裡，皮拉歐小心翼翼解開綁在牠背部的皮繩，取下報紙。

紅棕松鼠眼巴巴地看著他，他為難地問：「哈德蘭，你有金幣嗎？」

哈德蘭從雪熊毯中伸出手，隨手向空中一拋，一枚金幣飛向窗邊。

紅棕松鼠從窗沿一躍而起，俐落地在空中咬住那枚金幣，牠在空中翻了兩圈落在地面，又靈巧地竄出窗外。

「窗戶關起來。」哈德蘭下令。

皮拉歐關起窗戶，他邊走邊攤開報紙閱讀，報紙的頭條映著一行大字——

厄斯里山頂降下冰雪暴。

「你看得懂斯堪地語？」

哈德蘭的聲音轉開皮拉歐的注意力，皮拉歐從報紙上方抬頭。

「我上岸之後學的。」他好奇地問，「厄斯里山在哪？」

哈德蘭坐在床沿伸出手，皮拉歐會意地將報紙遞過去，哈德蘭接過報紙後，皺起眉開始閱讀。

皮拉歐站在他身前不遠處等待，同時試著閱讀報紙另一面的文字。

不久，哈德蘭收起報紙。

「修復藍金豎琴需要三項材料，除了藍玫瑰花瓣之外，對於另外兩項材料要去哪找，你已經有頭緒了嗎？」

「我知道斯堪地聯邦盛產黑虎羊。」皮拉歐說。

哈德蘭又問：「那藍白金呢？」

皮拉歐閉上嘴，哈德蘭從他的神色讀出答案。

「傷腦筋。」哈德蘭此刻的表情大約是介於微笑和嘆息之間，「這種時候，沉默還是比承認好一點。」

也許不只一點。

皮拉歐從頸側的鰓噴出一大口氣，「總之你不用擔心藍白金的事。」

「嗯。」哈德蘭瞥向皮拉歐受傷的上臂，「那是因為藍白金吧。」

皮拉歐閉口不言，哈德蘭再次從對方的神情讀出答案，忽然有了想笑的心情，「別介意。」

漁人撇過頭去，頸側的鰓微微翕動。哈德蘭見狀露出笑容，「總之，藍白金的事我會處理。」

「你要怎麼處理？」皮拉歐仍看向一邊，對空氣說話。

「合法狩獵者還是有一點小小的權力。」哈德蘭輕描淡寫，「對了，讓我看看你的傷口。」

皮拉歐沒轉過頭，逕自伸出自己的左手臂。

哈德蘭也不在意，他輕柔地拆下皮拉歐左臂的繃帶，臂上的傷口已經結痂，卻未完全癒合。看來人類的傷藥雖然對漁人有效，效果卻會減半。

「我們什麼時候出發？」皮拉歐迫不及待地問。

哈德蘭一抬頭，頓時撞見那雙璀璨的藍眼睛，他頓了一下才回答：「至少等你的傷口都癒合以後。」

皮拉歐耐著性子在哈德蘭的屋子裡待了兩天。

白日，皮拉歐跟著哈德蘭到海邊捕魚。

漁人蹲在岸上，望著哈德蘭脫下靴子，將褲管捲到大腿處，赤腳走進海裡。

哈德蘭手裡握著尖銳的魚叉，邊走邊尋找獵物，海水因他的走動而翻騰，他選定一處站定，開始等待。

數分鐘後，哈德蘭手一抬，魚叉筆直射出、牢牢叉進海底。他握住魚叉尾端用力拔起，只見尖端叉著一條尾鰭帶紅的海潮魚。

海潮魚向來喜歡藏在靠近岸邊的石縫之中，營養價值極高。

「原來你喜歡吃海潮魚。」皮拉歐略感無趣地向後坐，兩手隨興地撐在身後兩側，「我覺得海潮魚太甜了。」

「那你吃什麼？」

哈德蘭從魚叉頂端拔下兀自掙扎的海潮魚，隨手扔進一旁裝著半桶水的水桶。

「騎魚。」皮拉歐懶洋洋地說，「我會先跟牠比賽，等牠游輸我之後，再把牠抓起來吃。」

「騎魚的魚鱗很難處理。」哈德蘭換了一個位置站定，繼續觀察。

「但是我有牙齒。」皮拉歐咧開嘴，上下兩排尖銳的牙齒開開闔闔，發出清脆的撞擊聲，「你看。」

哈德蘭對此毫不理會，再度出手叉起一條海潮魚。

皮拉歐頓時覺得無趣，站起身踏進海裡。

「不然我幫你捕魚，你帶我去伊爾達特。」

「這是筆不划算的交易。」哈德蘭叉起第三條海潮魚，隨手將海潮魚扔進水桶，「你本來就要張羅自己的午餐和晚餐。」

皮拉歐翻了翻白眼，縱身一跳躍入海裡。

海水濺了哈德蘭一臉，他單手抹過臉上的海水，細看時漁人已經不見蹤影。

哈德蘭又捕了數條海潮魚，將整個水桶裝滿，走上岸準備打道回府。

這時皮拉歐倏地破水而出，手裡抓著一條長約兩個上臂的中型魚種，魚頭處長著一根長長的刺。

「哈德蘭，看。」

那是騎魚。

「自己處理。」哈德蘭一手提著水桶，一手撈起魚叉，轉身往自己的木屋走去。

皮拉歐抓著騎魚上岸，跟上哈德蘭，「這個真的很好吃，我把魚鱗咬掉弄給你吃，你帶我去伊爾達特。」

「我說過，要等你的傷好。」哈德蘭說。

「我的傷好了。」皮拉歐堅持道，「已經不會流血了。」

「但是你還有傷口。」哈德蘭一步也沒停下，「傷口的血味足以吸引一整條路的血蛭。」

「哪有傷口？」皮拉歐快步走到哈德蘭前方，將自己的手臂橫到對方眼前，「你看。」

哈德蘭低頭一瞧，皮拉歐的傷口已經癒合大半，原先的傷口處僅剩一條細細的血痕。

他看向皮拉歐，皮拉歐鼓起胸膛，厚實的胸部微微起伏。漁人散發出哈德蘭若不當場答應，他就要擋在此處不走的氣勢。

哈德蘭垂眼似在考慮，半晌逕自繞過皮拉歐。

皮拉歐垂下肩，轉身再度追上哈德蘭的腳步。

「哈德蘭！」

對方充耳不聞，皮拉歐掃興地用鰓噴出一口氣，沉默地跟在後面走回木屋。

哈德蘭領著皮拉歐繞到木屋後方的儲備倉庫，倉庫一角有個大水缸。他將水桶裡奄奄一息的海潮魚全倒進水缸，皮拉歐也遺憾地將手中的騎魚放入。

哈德蘭慢條斯理地從另一個水桶舀出一點清水，洗淨雙手。皮拉歐無可奈何地盯著他的舉動。

半晌，哈德蘭開口：「如果你料理的騎魚很好吃，我可以考慮明天帶你出門。」

皮拉歐不會用火，哈德蘭自然也不指望皮拉歐能做出什麼精緻美味的料理。他站在一旁，看皮拉歐用牙齒俐落地刮下騎魚堅硬的魚鱗，又將騎魚咬成三段。當皮拉歐正要開始處理魚頭時，他決定出聲制止。

「尾巴給我，我自己烤，剩下的你留著。你如果沒吃飽，自己去後面撈一條海潮魚來吃。」

哈德蘭在屋前升起火，用三支竹籤分別叉著騎魚的魚身和兩隻海潮魚，邊烤邊轉，同時淋上一點特製的醬汁。

皮拉歐蹲得遠遠的，懷裡揣著從屋內拿來的雪晶，津津有味地吃著騎魚頭。烤魚的香味漸漸飄起，皮拉歐皺了皺眉，又退得更遠。

「你要習慣營火堆。」哈德蘭緩慢地轉著魚串，讓魚身均勻受熱，「我們這趟路會經過厄斯里山，在山上露宿就要睡在營火旁。」

「厄斯里山。」皮拉歐對這個地名有點印象，「你說的是山頂有冰雪暴的那座山。」

哈德蘭往前方一指，「到時候，我們就是要爬那座山。」

「我們明天出發，對不對？」

皮拉歐三兩下吃掉騎魚，想往哈德蘭面前湊，又被突然竄高的火焰驚得後退。

「明天之後。」哈德蘭咬了一口表層香脆的騎魚，「肉質不錯，比海潮魚好吃。」

「我就說吧！」皮拉歐蹲在火堆外圍約兩個手臂長的距離，抱緊雪晶觀察著竄動的火苗。

哈德蘭默不作聲地滅掉營火，兩三口把騎魚尾吃光。

「你有吃飽嗎？」

「有。」皮拉歐移動到哈德蘭身側，「你還想吃騎魚的話，我再去抓。」

「不需要，你有吃飽就好。」哈德蘭開始朝海潮魚進攻，「晚上會餓的話，你就自己出門去捕魚。」

「不用擔心，這我最在行。」皮拉歐咧開嘴。

當窗戶的敲擊聲響起時，皮拉歐睜開眼睛。

他走到窗戶邊，打開窗戶讓紅棕松鼠進屋。紅棕松鼠親暱地蹭了蹭他的手背，他扯開松鼠背部的皮繩取下報紙，在紅棕松鼠口中塞了一枚金幣。

「有什麼新聞？」哈德蘭慢吞吞地坐起身，套上靴子。

皮拉歐關上窗戶，閱讀起今日的報紙。

「厄斯里山的紅木因冰雪暴全部凍死。賽提斯的社交季倒數。黃金的價格漲到歷史新高。新式改良馬車可以多跑三天……」

「好了。」哈德蘭朝皮拉歐伸出手，手心向上。

皮拉歐會意地將報紙遞過去，敏銳地問：「你在等什麼消息嗎？」

「對。應該要到了。」哈德蘭略略掃過報紙，找到想看的新聞開始閱讀。

皮拉歐識相地在一旁等待。

不久，玻璃窗外傳來第二次敲擊聲。

皮拉歐往窗外看，一隻脖頸處有著藍色斑塊的蜂鳥正用鳥喙敲擊著窗戶。

他跨步過去打開窗戶，藍喉北蜂鳥的腳爪上繫著輕薄短小的木漿紙卷。皮拉歐拆下紙卷，遞給放下報紙的哈德蘭。

哈德蘭打開紙卷，上頭寫了幾句話。

所請准許，人馬備於入口。五五分。悉數報告。

哈德蘭將紙卷丟進火爐，點了火，看著它在火焰中慢慢捲曲燃盡。他看向皮拉歐，「開始收行囊，明天一早出發。」

從哈德蘭的住處要到伊爾達特，必然得走夏塔克大道到厄斯里山山腳。翻過厄斯里山，再走一段被芒草掩蓋的小徑，方可抵達伊爾達特的入口。

哈德蘭收拾了數天份的乾糧、幾支用得順手的魚叉、整套打獵用刀具、彈力套索、救命用的速效傷藥、火種、驅蟲藥、禦寒衣物、龍麝香等等進入厄斯里山的必備用品。

他扔給皮拉歐一套有大領子的長大衣，那能遮擋皮拉歐綁在腰間的藍寶石匕首，又能遮住漁人的鰓和四肢表層的魚鱗。

皮拉歐耐寒且皮粗肉厚，不需要太多裝備，哈德蘭另外給他一把輕便的小刀讓他防身。皮拉歐使用小刀很是順手，幾度將小刀向上拋起又一把抓住，讓小刀在寬大的指掌之間迴旋，金屬與他堅硬的指甲相互碰撞，發出沉沉的聲響。

哈德蘭從市集買了兩匹馬，花了點時間教皮拉歐怎麼騎。

皮拉歐一挺身兩步上馬，平衡感出乎哈德蘭意料的好，很快就抓到訣竅，學會怎麼控制馬匹，只是過程中他不停抱怨馬的體味過於難聞。

「夏塔克大道很好騎馬，等我們開始爬山，就必須把馬留在平地。」哈德蘭解釋道。

「我們可以出發了吧！」皮拉歐躍躍欲試。

「走。」哈德蘭一夾馬肚，策馬狂奔。皮拉歐隨之跟上。

他們縱馬騎了大半日，哈德蘭終於慢下馬速，看向皮拉歐。

皮拉歐臉色慘白緊閉著嘴，彷彿一開口就要吐出昨日的騎魚。

「你還好吧？」哈德蘭關心地問。

「你之前沒教我騎那麼快。」

皮拉歐一張嘴，頓時嘔出不少黃褐色的汁液，他喘了幾口氣抹了抹嘴。

「我還有很多沒教你的，你得學快點。」哈德蘭回頭觀察兩人來時的足跡，

「好了，我們接下來可以騎慢一點。」

「有什麼差嗎？」皮拉歐灌了一口水。

「從我們出發之後，就有人跟著我們，剛剛已經甩掉了那些不速之客。」哈德蘭解釋道。

皮拉歐豎起警戒，「是那些覬覦藍白金的人類。」

「我認為不是，那些人我已經處理掉了。」哈德蘭蹙起眉，「看來還有另一批追蹤者。」

皮拉歐的表情跟著變得嚴肅，「是誰？」

哈德蘭觀望著飛散的煙塵。

「不重要，他們沒追上來。接下來的路會更難走，沒有當地人帶路，他們無法安全翻過厄斯里山。」

哈德蘭隨手用手中的魚叉往地面一刺，正巧戳死一隻體型較小的血蛭，汙濁的液體染黑了土地。

「只要速度一慢，很快就會被這些血蛭追上。你身上雖然沒有傷口，但血蛭不會放過任何機會，只要你身上帶有一點血味，牠們馬上就會竄出來將你吸乾。」

他的話剛說完，皮拉歐倏地射出手中的小刀。

小刀擦過馬的右前蹄，將伺機而動的血蛭釘在地上，血蛭的體液染黑了土地。皮拉歐張開掌心，利用貼在掌心上的刀石吸回小刀。

兩人殺了不少血蛭，夏塔克大道染出一條長長的墨跡，足以清楚暴露兩人的行蹤。

哈德蘭平淡地問：「你休息夠了嗎？」

皮拉歐點點頭，「可以。」

「那走了。別再吐了，現在可沒時間照顧你。」

哈德蘭夾緊馬肚，用力拉緊轠繩，讓坐騎的前蹄高高揚起，塵土飛揚。

兩日前。

一隻黃眼鴞停在窗邊偏著頭，眼珠骨碌碌地轉動，盯視出現在基里部落的陌生人。

屋內，一名男人坐在桌邊，他穿著黑色長袍，頭戴連身兜帽，一抬頭，那雙藍得驚人的雙瞳看起來冷漠如冰。

「只要不讓他們抵達伊爾達特就好了嗎？」

坐在男人左側桌角的長老確認道。

「對。」男人攤開手掌，將原先握在手心的幾顆藍寶石放在桌上，「這是酬勞。」

長老往小小的藍寶石堆望去，眼神透出幾分貪婪。

「這些不夠，哈德蘭是很有經驗的狩獵者。」

「事成之後，你會再拿到剩下的。」男人允諾道。

長老垂下眼，衡量交易條件是否足以讓族人賣命。

「只是阻擋他們不會太難，但你如果是要哈德蘭的命，那探險隊公會可不會坐視不管。」

「不用管哈德蘭。」男人說，「但是如果除掉他身邊那隻漁人，我會再給你更多酬勞。」

「我們沒有殺漁人的武器。」長老說。

「可以用這個。」男人從腰間抽出一把尾端鑲著藍寶石的匕首，銳利的刀面反射男人青綠的面容，「這把藍寶石匕首可以傷害漁人。」

長老往身側看，一名高瘦的男子會意，上前接過那把匕首又躬身退下。

「成交。」長老說。

凜冽的寒風在窗外呼嘯，吹不散屋內升高的殺意。黃眼鴞展翅飛起，停在屋簷，灰褐色的眼珠映著陰沉的天色，風雨欲來。

哈德蘭這次沒有停在半途，他們駕著馬一路狂奔到厄斯里山下。他翻身下馬，走到皮拉歐的坐騎旁，伸出手讓皮拉歐搭著他的手心下馬。

皮拉歐剛踏到地面，瞬間身體一歪，哈德蘭及時撐住他。

漁人單手摀著自己的嘴，聲音透過指縫而顯得矇朧，「走開。」

哈德蘭向後退開，單手扶著皮拉歐，另一隻手輕輕拍撫他的背。皮拉歐開始嘔吐，穢物灑了一地。

等皮拉歐嘔吐完畢，哈德蘭遞給他一瓶水，「喝點水吧。」

皮拉歐接過水，仰頭灌了一大口，頸側的鰓頻頻翕動。他蹲下身，頭垂在雙膝之間，看起來極其難受。

哈德蘭動了一點惻隱之心，「我們休息半日吧，看來已經沒有追兵了。」

「不行。」皮拉歐猛然站起身，他的身形微微一晃又很快站穩，「我必須早點回去，大家都在等我。」

他這幾日以來隱藏的心急終於顯露分毫。

哈德蘭握住皮拉歐的雙臂，安慰道：「你對地形不熟，聽我的，我保證一週內爬過這座山。」

「可以再快一點嗎？」皮拉歐急促地問。

哈德蘭皺起眉，「確實有比較快的路，但是那條路更凶險，我不覺得你有辦法走。」

「不管什麼路都可以，只要能早一點到。」皮拉歐堅持道。

哈德蘭垂眼看他，半晌後點頭。

「好吧，我答應你。你先休息半日，我們走捷徑。」

斯堪地聯邦冒險手記

CHAPTER TWO

第 2 章

The Tales of Skandia Federal

石錐用力釘入峭壁之間，細碎的落石從眼前落下。

哈德蘭的雙腳分別踏在約三分之一個腳掌能站立的突出岩塊上，雙手分別握住剛剛固定的石錐中段往上撐，右腳跟著上踏一步，再換左腳，接著拔出右手的石錐，往上伸長手臂，將石錐用力插入峭壁，再向上撐起整個身體，往上爬一步。

皮拉歐站在地面上，仰頭望著哈德蘭。

哈德蘭爬到半途，停下動作俯視地面。皮拉歐仍站在原處，沒有移動。

「皮拉歐，快上來。」哈德蘭吼道，「太陽快下山了。」

「照那樣爬就可以了嗎？」皮拉歐雙手放在嘴旁，朗聲詢問。

「對，快點。」哈德蘭連聲催促。

皮拉歐從長斗篷下方伸出手臂，手臂上那一片片深綠色的魚鱗在陽光下閃閃發亮。他學著哈德蘭將石錐用力插進岩塊縫隙，單手握著石錐，將整個身體往上撐。

他一開始的動作很慢，選擇插入石錐的位置時也很謹慎，等爬了兩三個身長的高度，速度便愈來愈快。

哈德蘭放下心繼續往上爬，沒多久便感覺到皮拉歐爬到了他的左下方。

漁人的體力和學習能力比他預想的還要驚人。像騎馬那種同時需要體力和技巧的活動，皮拉歐竟能很快便上手，而且根據皮拉歐的說法，他學習陌生語言也僅需數日。

哈德蘭原以為所有漁人皆如此，然而在他幾番探聽間，皮拉歐三番兩次提到自己身為「司琴者」的特異，哈德蘭這才暫時放下對漁人族群暗中升起的戒備。

若漁人能在岸上長期生活，也許人類早就被漁人統治了。

「哈德蘭。」皮拉歐已經越過他身側，「我先上去等你。」

「好，記得別亂跑。」

哈德蘭調整呼吸，專心攀爬石壁。皮拉歐很快消失在哈德蘭的視線範圍之內。

翻過厄斯里山有兩條路。

一條路較為平緩，繞著山壁行走，若以哈德蘭的腳程約莫要走一週。

另一條路則較為凶險，需攀爬垂直的石壁到山腰，穿過一大片叢林，游過湍急的柳橙溪，再攀爬高大的柳橙樹到厄斯里山頂。待越過山頂的紅木林，便可切到下山的路段。

理論上而言，如果一切順利，所需日程約莫是三日半。

照哈德蘭的預想，以他自己的腳程，只要在太陽下山之前爬到山腰，明日一早穿過叢林涉水過溪，他們就能在明日太陽下山之前到達厄斯里山頂。

他原本想，要是皮拉歐無法跟上他的腳程，日程便會拖長，但他顯然太過低估漁人的體力和適應力。照眼下的情況而言，不需要太過擔心。

哈德蘭往上爬了一段，忽然聽見劃破空氣的聲響。

他抬起頭，不見皮拉歐的身影，只見箭矢漫天飛越。

「皮拉歐，縮進斗篷裡！」

他朝上方大喊，同時加快攀爬的速度。

在陡峭的石壁之間，有一個他上次遭遇追擊時意外發現的凹洞，當時他曾縮進石洞裡躲避追擊。

哈德蘭往側邊爬，憑著記憶與上次留下的鑿痕找到凹洞。他藏身進去，將彈力套索綁在自己腰間，一邊用五根石錐固定在凹洞裡側做好安全措施，接著拿出另一條彈力套索。

他大喊：「皮拉歐，跳下來！」

哈德蘭探出頭，一團黑影忽地從上空墜落。

他握著彈力套索算準時機，將漁人連著插滿箭矢的斗篷一併套住。皮拉歐下墜的重力將他整個人往外拉出石洞，兩人急速下墜，腰上的彈力套索快速繃緊。

哈德蘭握緊手中的套索，同時祈禱剛才插入的石錐足夠穩固。強大的氣流由下而上迎面而來，眨眼之間彈力套索繃緊到極限，哈德蘭感到腹部像被狠狠揍了一拳，他忍住反胃的衝動，等著彈力套索拉扯到極限後向上彈的瞬間。

下一刻哈德蘭急速上飛，他前後擺動腰腹，使力將自己盪向石壁。他集中注意力，在飛過凹洞上緣時，將石錐用力插入石壁的縫隙，再趁下墜之際借力使力，宛如鐘擺般盪進凹洞之中。

一跳進洞裡，哈德蘭快速將手中的彈力套索套上原先固定的石錐。待另一副彈力套索被皮拉歐的重量往下扯，他故技重施，等彈力套索拉扯到極限向上彈時，借力往凹洞內拉。

哈德蘭選的時機非常恰當，皮拉歐在下一瞬間狠狠摔進洞裡，滑到他眼前，插在斗篷上的箭矢因撞擊而紛紛斷裂。

哈德蘭急促道：「快把斗篷脫掉往下丟。」

皮拉歐顧不上疼痛，撐著地站起身，迅速脫掉身上的長斗篷，往洞外一扔。

長斗篷在空中飛揚，慢慢下墜覆蓋在地上。

嘈雜的人聲從頭頂上方傳來，哈德蘭與皮拉歐有志一同縮進洞裡，貼著石壁屏住氣息。

「死了嗎？」哈德蘭認出這聲音是基里部落的瓦夏。

「我親眼看到他摔下去，這個高度活不成了吧。」這是瓦夏的弟弟夏可恩。

「去確認一下。」瓦夏下令。

夏可恩往外探出頭。

「有件斗篷掉在峭壁下，就是那隻漁人穿的那件。應該死了吧。」

「你下去看看。」

「嘖。」

夏可恩有些不情願，他慢吞吞地往下爬。

哈德蘭繃緊神經，右手從腰側拔出小刀，集中注意力等著夏可恩的到來。

細細碎碎的小石塊在夏可恩攀爬時紛紛落下。

移動的聲音愈來愈近，哈德蘭不自覺地伸出左手臂擋在皮拉歐身前，將漁人護在自己身後。

「哇啊———」一個大石塊突然從上方滑落，從哈德蘭眼前直直下墜，數秒後他聽見石塊撞擊碎裂的聲音。

夏可恩忿忿咒罵一聲，「這裡真是他摩羅天的有夠難爬。」

「你忘了你的禮貌。」瓦夏冷淡刻薄地問，「怎麼樣？」

「嘖。這裡這麼高，看在摩羅斯科的份上，那隻漁人一定摔死了啦。」夏可恩隨口道，「快拉我上去。」

「你等等。」瓦夏慢吞吞地說，「拉他上來吧。」

夏可恩抱怨的聲音愈來愈遠，哈德蘭放鬆戒備，他朝皮拉歐比了一個噤聲的手勢，往洞內退。

不久，遠處的聲響全都消失，皮拉歐吐出長長一口氣，頸側的鰓輕輕翻動。

「終於都走了。」

哈德蘭搖搖頭，「如果我是瓦夏，一定會埋伏在一旁等獵物自投羅網。剛剛有多少人攻擊你？」

「我不太確定，一上去就有一大堆箭朝我飛來，看不清楚有多少人類，也許四五個，也許十幾個。」皮拉歐無所謂地聳了聳肩，「其實那種箭傷不了我。」

「怕的是他們手上不只有箭。」哈德蘭快速思考對策，「我們不需要和他們起衝突。目前不知對方有多少人，所以我們等天黑後再爬上去，他們不會在那裡待到天黑。」

「為什麼？」皮拉歐問。

「因為天黑之後更危險。」哈德蘭平靜地說，「總之，先等吧。」

「哈德蘭，你為什麼一個人住在那裡？」

坐著枯等的時光特別漫長，皮拉歐感到無聊，又得忍著不能躁進。他斜斜靠在洞裡的石壁上，將手裡的小刀往上拋、接起，上拋又接起。

哈德蘭正在整理石錐和彈力套索，「一個人住比較自在。」

「但是不會很無聊嗎？」皮拉歐好奇地問。

漁人是群居的種族，以家族為單位劃分棲息處。每一個漁人家族都很龐大，有眾多旁系分支。

「習慣了就好，一個人很輕鬆，不需要管別人。」哈德蘭不想談這個話題，「你跟家人一起住嗎？」

「對，我爸媽還有五個妹妹，我還有三個堂哥、兩個表弟、四個表姐和七個表妹。」皮拉歐如數家珍，「我伯父和爺爺也都是司琴者，這一代是我。」

「這麼多漁人一起住，會不會吵架？」哈德蘭感興趣地問。

「一定有拌嘴什麼的，不過我們感情很好。」皮拉歐微微笑道，「就我所知，我們家很少吵架。」

「你現在上岸，那海底誰來彈奏藍金豎琴？」哈德蘭一直很好奇這個問題。

「目前是我伯父，不過現在誰也不敢保證彈奏藍金豎琴會不會讓豎琴受損得更嚴重。」皮拉歐的鰓輕輕拍動，「真希望能早點修好它。」

「等天一黑我們就馬上行動，我會盡量讓我們能早點下山。」哈德蘭寬慰道。

「但願如此。」

皮拉歐望著遠方，那是海的方向。

哈德蘭看出他的不安，決定換個話題引開漁人的注意力。

「跟我說說漁人的國度吧。你們聚落的組成單位是什麼？有階級制度嗎？」

皮拉歐強打起精神。

「我們有好幾個家族，像我剛剛說的，漁人是以家族為單位，每個家族都有自己的長老，也有自己的領地。

「家族之間通常互不干涉，如果有紛爭，便會由兩方的長老出面會談。每個月，各家長老會聚集到藍金豎琴旁舉行長老會議，共同決定族裡的大事。」

「長老是用選的嗎？」哈德蘭問。

「就是家族裡年紀最大、聲望最高的，通常是大家推舉。」皮拉歐回答。

哈德蘭垂眸，漁人的社會倒是和斯堪地聯邦有點像。

斯堪地聯邦也是由各大貴族共同治理，貴族們定期聚會，輪流擔任神器的守護者「摩金」。

「你的家族很龐大，兄弟姐妹也很多，你和你的妹妹都是同一個母親生的？」哈德蘭其實對漁人的家庭組成也挺感興趣。

「跟人類一樣。」皮拉歐皺起眉，彷彿被這個問題隱含的意義冒犯了，「漁人對伴侶是很忠貞的。」

「那你現在有伴侶嗎？」哈德蘭好奇地問。

「沒有。」皮拉歐垮下肩，「成為司琴者之後太忙了，而且也沒有碰到喜歡的對象。」

哈德蘭打趣地問：「你喜歡什麼樣的類型？」

「勇敢、堅貞、忠誠。」皮拉歐肯定地說，「有不怕挑戰的勇敢之心，對愛情堅貞，對自己的家族忠誠。」

「這不是很嚴苛的條件。」哈德蘭微微笑道，「你一定有很多選擇。」

「他們……」皮拉歐撇了撇嘴，「只是因為司琴者的身分喜歡我而已，也不夠勇敢。」

「怎麼樣叫勇敢？跟你比嗎？」

「倒也不用。」皮拉歐一時也說不上來。

在皮拉歐的想像裡，他的伴侶應該是更堅強，能與他並肩而立，和他一起冒險，不是成天等著他抓捕彩蝶魚來討對方歡心。

他無意間看向哈德蘭，忽然福至心靈。

「就像你這樣，到處冒險，而且必要的時候還會救我。」

這句突如其來的告白確實讓哈德蘭吃了一驚，驀地輕笑出聲。

「別在我身上浪費時間，我沒打算成家。」

皮拉歐甚是意外，「為什麼？如果和自己的伴侶永遠生活在一起，那一定是世界上最美好的事。」

這句發言若是說給斯堪地聯邦的貴族聽，簡直天真得可笑。

但哈德蘭在與皮拉歐相處的這幾天裡觀察到，漁人並不擅長說謊和隱瞞，他的個性很純真也很直率，只要多加接觸，就能發現皮拉歐幾乎是把情緒寫在臉上，非常易懂。

「如果有一方先離開，獨自留下來的人會很痛苦。」哈德蘭微微扯起唇角，「以我的職業，大概會死在某次任務之中，這對被留下來的人而言太痛苦了。」

他看過太多例子，職級愈高的狩獵者愈難擁有穩定的感情關係。

皮拉歐歪了歪頭，無法理解哈德蘭的顧慮。

「那就找個夠強壯的人跟你一起出任務，要死也要死在一起。」

漁人的直線思考讓哈德蘭忍俊不禁，才剛冒出頭的感傷氣氛頓時被沖散，他輕輕拍著皮拉歐的肩。

「關於這一點，我會考慮。」

哈德蘭轉頭看向天空，「太陽快下山了，等一會我先爬上去，確定沒問題後你再上來。」

哈德蘭爬上峭壁頂端，使力翻身上崖。他趴伏在地，手中摸出幾顆小石子，往遠處一撒，小石子滾落在地，發出細微的聲響。

哈德蘭等了一會，確認沒有埋伏後，他將石錐固定在地，於石錐頂端套上繩索綁緊。他拉扯繩索，確定足夠穩固後，將繩索的另一端垂往峭壁下方。

數秒後繩索被輕輕扯動，哈德蘭扯了扯繩索示意，便見繩索迅速繃緊，不消幾分鐘，皮拉歐便從峭壁下方冒出頭。

皮拉歐輕巧地翻身上崖，站到哈德蘭身側。

哈德蘭從腰帶掏出伸縮魚叉，於魚叉尖端綁上指向石，另一端綁上繩索，便將魚叉往峭壁下方投出。

魚叉隱沒進黑暗之中，數分鐘後，哈德蘭迅速收捆起繩索。他單手提起繩索末尾的魚叉，取下頂端的行囊，分別收回行囊與魚叉上方的定位石與指向石。

哈德蘭將其中一包行囊扔給皮拉歐，皮拉歐靈巧地接住背上，壓低聲量但不掩興奮地問：「要往哪裡走？」

感。

哈德蘭尚未回答，皮拉歐突然察覺到不遠處的細微呼吸與突如其來的壓迫

漁人回過頭，只見一雙雙赤紅發亮的眼珠在黑暗之中閃爍，眼珠下方幾吋是兩排森白的利齒，在微弱的星光之中時隱時現。

夜幕裡，一群朦朧龐大的黑影步步進逼，皮拉歐意識到危機，繃緊身體，手握小刀，雙腳微微岔開站立，呈攻擊姿態。

哈德蘭往前跨一大步，單手橫在皮拉歐身前，右手往遠處一揮，幾許閃爍的紅光在空中劃出一道弧形，往東北方飛去。

下一刻，黑影紛紛朝紅光飛躍之處追擊。皮拉歐沒聽見任何聲響，但他並未鬆懈，那些凶獸顯然能在黑暗中迅疾無聲地奔跑，防不勝防。

哈德蘭探到皮拉歐的上背，將對方下壓，皮拉歐配合地伏低身體，學著哈德蘭匍匐前進。

他們在地上爬行好一會，哈德蘭忽地停住，他站起身在半空之中做出敲擊的動作。

皮拉歐聽見兩短三長的敲擊聲，不久，黑暗中現出一道極細的白光，彷彿一扇隱形的門往內側拉開。白光逐漸從室內洩出，照亮哈德蘭的左半身。

一個蓄著落腮鬍的大漢站在門後，盯著哈德蘭的目光宛如最著名的卡托納工坊特製獵刀，刀鋒堅硬鋒銳閃著利芒，輕輕一劃便能斬斷一個成年人的臂膀。

皮拉歐立刻站到哈德蘭身側，展現自己作為哈德蘭後援的姿態。落腮鬍大漢忽然展開雙臂，皮拉歐悄悄抽出隨身攜帶的小刀，準備突襲。

「哈德蘭。」落腮鬍大漢與哈德蘭互相擁抱。

「尚恩，來你這打擾一下。」哈德蘭拍拍落腮鬍大漢的後背。

落腮鬍大漢露出笑容，「一點都不打擾，快進來吧。」

哈德蘭用眼神示意皮拉歐跟上他，便踏進屋內，落腮鬍大漢關上門，掐斷夜空中僅存的亮光。

「尚恩，有客人？」一名穿著亞麻色長裙的女人出聲道，「噢，哈德蘭。」

「嗨，夏綠蒂。」哈德蘭向女人打招呼，「好久不見。」

「哈囉。」夏綠蒂快活地打招呼，她看向皮拉歐，「這就是那位……」

哈德蘭微微挑起眉，「消息也傳到這裡了嗎？」

「哈德蘭身邊跟著一個漁人，整個基里部落都知道了。」落腮鬍大漢尚恩聳了聳肩，「瓦夏來打過招呼，問我有沒有看到你們。」

「他的條件是什麼？」哈德蘭平靜地問。

「提供情報，就給我們五枚金幣作為回報。」尚恩說。

哈德蘭微微一笑，「我給你們十枚金幣，讓我們在這待一晚。明天一早等我們出門以後，你可以通知他，我們要進叢林。」

「成交。」尚恩說，「你們可以住樓上那間，想洗澡的話後頭有熱水。」

夏綠蒂朝他們勾了勾指尖，「紳士們，跟我來吧。」

皮拉歐跟著哈德蘭，兩人隨著夏綠蒂踏上木製的階梯。階梯的盡頭左側有一扇門，夏綠蒂打開那扇門，裡頭有一張雙人的大木床，床上鋪著上好的黑熊毯。

「需要我再給你們一床棉被嗎？」夏綠蒂半開玩笑地問。

哈德蘭看向皮拉歐，皮拉歐搖搖頭，哈德蘭便婉拒道：「不用，謝謝。」

「那就好。」夏綠蒂說，「有什麼事喊一聲就行了。」

夏綠蒂關上門，鞋跟敲擊木梯的聲音逐漸遠去。哈德蘭卸下背上的行囊，拿出一件換洗衣物，「我需要沖個澡，你呢？」

皮拉歐放下行囊，「我也需要補充一點水分。」

「那你一起來吧。」哈德蘭拿著換洗衣物，打開房門。

皮拉歐跟著哈德蘭下樓，樓梯左側是一間浴室，角落有一顆瑩白色的發光圓球，牆側靠著一座白瓷製的大型浴缸。牆上鑲嵌著兩個水龍頭，水龍頭下方各有一個大木桶，一個木桶底部擺著暗紅色的晶石，另一個木桶底部擺著純白色的晶石。

哈德蘭分別打開兩個水龍頭，讓清水流進木桶之中。

他將換洗衣物放到置物架上，便開始脫衣服。赤身裸體後，哈德蘭拿起小木桶，從兩個木桶裡各撈了一些清水，仰起頭，閉起眼往臉上沖。

水流沖刷過他整個身體，略長的黑髮服貼在腦後與頸側，水珠順著肌理紋路往下滴，帶走一路的塵土。

柔和的白光讓哈德蘭身上的水珠反射出點點光亮，這是皮拉歐第一次看到哈德蘭原始的樣子。

哈德蘭有著結實的良好體格，胸口上一道猙獰的疤痕，從左上斜斜切到右下腹，身體處處都有不同類型的舊傷，在靠近頸側、胸腹等重要臟器部位尤其明顯，看得出這副身體的主人經歷過多次險象環生。

那不是一具完美無瑕的軀體，反而處處充滿與死亡搏鬥的痕跡，皮拉歐不禁肅然起敬。他雖然早就聽過「勇士哈德蘭」的名號，卻是第一次見識那些實際存在的證據，「勇士」二字絕非浪得虛名。

「怎麼了，沒見過？」

哈德蘭的眉毛挑起約四分之一指節的高度，皮拉歐的目光過於直白熱烈，讓他想忽視都很難。

「沒見過這麼漂亮的。」皮拉歐實話實說，聲音帶著一點崇敬。

出乎意料的答案讓哈德蘭一愣，接著噴笑出聲。

「你對漂亮的定義很特別。」

「不是嗎？」皮拉歐不懂哈德蘭為何發笑，他虔誠得彷彿神官在替眾人祝禱，「那些都是你努力在世界上生存的證明，非常美麗。」

哈德蘭收起笑容端詳著皮拉歐，察覺漁人沒有在說笑，那確實是一句真心誠意的讚美，他微微揚起唇。

「謝謝。」

皮拉歐跟著微笑，「不客氣，你完全值得。」

哈德蘭失笑，「我可以理解為什麼你在漁人裡很受歡迎，長老們是否都想把女兒嫁給你？」

「也不一定是女兒，只要有機會，各家族一定都想和當代司琴者聯姻。」皮拉歐聳聳肩，「不過到我這一任，來說親的主要是女性沒錯，畢竟司琴者容易孕育出下一代的司琴者。」

他說完便將臉埋進裝著純白色晶石的大木桶裡，喝了兩大桶的水，又在白瓷浴缸中蓄滿冰水，將身體完全沉浸於水中。

哈德蘭用夏綠蒂提供的毛巾擦拭身體，接著穿上換洗衣物。皮拉歐在浴缸中泡了一會，便跟著哈德蘭回二樓的房裡。

「床夠大，你不需要坐著睡，我們要多保留一點體力應付明天的叢林之行。」哈德蘭折起一側的黑熊毯

「我們可以相信他們嗎？」皮拉歐以拇指朝外指了指，「他會不會趁半夜找那些人來？」

他剛剛聽到哈德蘭和屋主尚恩的對話，自上岸以來，他已經見識過人類可以為了金錢與藍寶石變得多麼貪婪。

「如果是那樣，他就拿不到明日的十枚金幣和往後的無數枚，基里部落的人不會那麼做。」

哈德蘭坐上床沿，鑽進反摺的黑熊毯裡，「基里部落的人很現實，他們不會殺雞取卵。」

「喔。」皮拉歐繞到另一側躺上床，「但這樣生活不是很辛苦嗎？要一直猜其他人在想什麼。」

「不辛苦。不需要和其他人有太深的交集，反而比較輕鬆。」

哈德蘭拉高黑熊毯，蓋住自己的肩膀，他翻過身。

「早點休息，快睡了。」

皮拉歐枕著自己的手臂，睜眼望著天花板。左側溫熱的人類體溫讓他感到些微躁熱，他摸出隨身攜帶的小巧雪晶放在身體右側，這才覺得好受一點。

第一次和人類同床，皮拉歐感到稀奇。他原可睡在地板上，冷涼的地板才是適合漁人入睡的溫度，但是他不想拒絕哈德蘭的善意。

這一路上，皮拉歐受到哈德蘭的諸多照顧，如果沒有哈德蘭，他無法單憑自己走到這裡。

漁人的教育是有恩報恩，如果他也能為哈德蘭做點什麼就好了。

不知道哈德蘭有沒有想要的東西？

上岸之前，理斯家族的長老曾告訴他，人類的欲望不外乎三種：財富、性愛、權力。

皮拉歐想像哈德蘭坐在藍寶石的王座上，身旁圍繞著許多人類，每個人類都穿得很少，用極其煽情的方式撫摸挑逗哈德蘭，那個畫面讓他不由得皺起眉。

他直覺哈德蘭不喜歡這些。

哈德蘭離群索居，獨自住在自己的木屋裡，生活過得極為簡單。從哈德蘭話中的意思聽起來，他樂於這樣生活。

皮拉歐見過那些不滿足於現狀的人類，他們的眼裡閃著貪婪的光芒，即使對他親切，也不過是為了從他嘴裡套出關於藍白金的祕密。那些人的欲望毫無止境，藏不了太久。

可是哈德蘭不是那樣。他側過身，凝視哈德蘭捲著黑熊毯的背影。

「為什麼不休息？」

突如其來的問句讓皮拉歐感到意外，哈德蘭此刻的呼吸放得又長又緩，不同於白日較快的頻率，才讓他誤以為哈德蘭已經睡了。

「原來你還醒著。」

哈德蘭翻過身，面向皮拉歐。

「你這樣一直盯著我，我怎麼睡？」他微微皺眉，「快點休息。」

說完他又翻過身，面向房門那側。

皮拉歐細聽哈德蘭的呼吸，在哈德蘭翻身說話期間，他呼吸的頻率並未變化，彷彿特意控制自己該怎麼呼吸。

但是為什麼需要這麼做？那感覺就像——正在假裝已然熟睡的樣子。

這一刻皮拉歐忽然領悟到，哈德蘭並不是真的相信樓下那對夫妻。他隨時保持警惕，睡在靠門的那一側面向房門，才能應付突發事故。

哈德蘭的警覺讓他意識到處境的險惡，皮拉歐陡然翻身下床，走到哈德蘭那側，躺在床前方的地上。

「我想睡這裡，比較舒服。」

他側著身體，背對哈德蘭面向門口。

他想，如果真的有人半夜突襲，要傷害哈德蘭，也必然得先跨過他的屍體。

皮拉歐的警戒並未派上用場，隔日他們安穩地走出尚恩的屋子。哈德蘭給尚恩十枚金幣，尚恩夫婦便熱情地送別他們。

皮拉歐皺著眉，他永遠也無法理解這種由利益和金錢建構出來的友情。哈德蘭也不打算多做解釋，看來他無法習慣人類社會的複雜，此刻皮拉歐特別想念故鄉。

哈德蘭顯然誤會皮拉歐的沉默，他寬慰道：「你不用擔心，這是下山的捷徑，不可能有人腳程比我們更快，埋伏在下一個地點。」那些人也不需要這麼做，哈德蘭在心裡補充道。基里部落不會為了獵捕他們而將自身置於危機之中。

兩人在接近中午時抵達下一個目的地——哈瓦娜叢林。

如同哈德蘭的預期，這一路上並未有任何伏兵，哈德蘭抬頭觀望太陽的位置。

「離日落還有五個小時，我們要在日落之前走出這片叢林。」

「你繼續走，我跟著你就是了。」皮拉歐點點頭。

「跟緊一點。」

哈德蘭從行囊中抽出較長的叢林刀，一路揮砍過長的雜草。

哈瓦娜叢林入口處雜草遍生、高過於人，若行走其間很難判斷前行的方向。

哈德蘭邊走邊利用方向指針定位，皮拉歐則緊緊跟隨哈德蘭，深怕迷失其中。

叢林深處隱隱傳來奇異的鳴叫聲，哈德蘭加快步伐，皮拉歐跟著疾走。

忽然間，哈德蘭停住腳步，皮拉歐瞬間撞上他寬闊的背脊。哈德蘭沒回頭，僅發出細微的噓聲，皮拉歐意會過來，輕手輕腳地站到他身側。

哈德蘭撥開前方雜草，皮拉歐在縫隙間瞧見一尾直徑約他的上臂兩倍粗的巨蟒，鬆鬆地盤旋在粗壯的樹枝上，尾端順著樹幹垂落於地面。

巨蟒的尾端顏色幾近褐綠色，與落葉的顏色相似，若非哈德蘭的提醒，皮拉歐或許就會直接跨過巨蟒，落入牠的攻擊範圍。

哈德蘭抬起頭，視線順著巨蟒盤旋之處一路往上，在樹枝之間瞧見深綠色的蟻窩。他放下心來，朝皮拉歐招手，兩人躡手躡腳地從巨蟒身側經過。

一走出巨蟒攻擊的範圍，哈德蘭輕聲解釋道：「那是巨蟒巴卡，牠正在休眠，不吵醒牠就沒事。」

「你怎麼知道牠不是裝睡？」皮拉歐問。

「樹幹上有綠蟻窩，綠蟻是種非常謹慎的生物，要至少三十天以上，預定築巢的地方都沒有任何動靜，牠們才會開始築巢。築巢要再花上十天，代表巨蟒巴卡已經有至少四十天不曾移動過。牠一旦進入淺層休眠，只要不被打擾，就會睡上三個月。」

哈德蘭砍著前方的雜草，一邊說：「但是牠通常不會在這時候進入休眠期，應該要再晚幾個月才對。」

生物習性並不容易改變，除非出現特殊因素，看來連哈瓦娜叢林都受到了氣候變遷的影響。

附近的樹木愈來愈茂密，高大的樹木枝葉宛若青綠色的天然屋頂，完全遮蔽天空，陽光幾乎透不進來，四周變得陰暗而溼冷，瀰漫著潮溼的氣味。

「不要碰到任何藤蔓。」哈德蘭警告，「有些是食肉植物的觸鬚假裝的。」

一條細長的觸鬚無聲無息地捲住皮拉歐的腳踝，下一刻皮拉歐便被用力拖進叢林裡。

「嘖。」哈德蘭惱怒地拿起叢林刀，朝皮拉歐的方向追趕。

觸鬚突然由四面八方而來，哈德蘭邊追邊砍斷持續朝他突襲的觸鬚，直往叢林深處去。

他追到一株約他體型三倍大的變異食肉植物前，皮拉歐被倒吊在半空中，正要落入食肉植物的捕蟲籠。

哈德蘭立即朝那條觸鬚甩出小刀，不料左側另一條觸鬚突然竄出，撞飛哈德蘭的武器。哈德蘭眼睜睜地看著食肉植物打開籠蓋，將皮拉歐扔進捕蟲籠中。

「糟了。」

哈德蘭站在巨大食肉植物面前，眾多觸鬚再度朝哈德蘭攻擊。

他快速向後一跳又跳，再跳，幾度躲開大量觸鬚的攻勢。

一滴汗水從他的頸後冒出。

距離皮拉歐被消化液腐蝕，還有七秒。

CHAPTER THREE

第3章

叢林深處傳來蟾蛛的鳴叫聲，在深幽的叢林裡反覆迴盪。

這裡是蟾蛛的領地，再過不久，等蟾蛛傾巢而出，別說是救皮拉歐，連哈德蘭自己都將分身乏術。

哈德蘭分神瞧了一眼方向指針，驀地一條觸鬚迅速纏住他的腳踝。他從行囊裡抽出中長型獵刀，眼也不眨便手起刀落，鬚根霎時斷成兩截。

還有五秒。

哈德蘭往後跳三步，將套索向上拋，勾住右上方那條粗壯的樹枝。

四。

他將獵刀收在腰側，攀住套索向上爬，翻坐到樹枝上。樹枝頓時劇烈晃動，彷彿有靈性般想將哈德蘭甩下去。

三。

他雙手握緊套索，從樹枝上一躍而下，借力使力擺盪到捕蟲食物的正上方。

二。

他抽出獵刀對準食肉植物的感覺接受器，算準時機放開套索，連人帶刀急速往下墜落。

一。

森冷銳利的刀鋒貫穿整株植物，食肉植物瞬間裂成兩半。

與此同時，側邊的捕蟲籠忽地破開一條縫，一隻手強行穿出破口，破口愈開愈大，現出滴著稠液的半個身軀。

哈德蘭轉過頭去，瞧見皮拉歐慢吞吞地踏出捕蟲籠，渾身上下都滴著黏稠的消化液。

披在他身上的長袍滿是坑洞，四肢的深綠魚鱗微微泛白，唯獨雙眼如藍寶石般亮得驚人，彷彿全身的色彩都集中到了眼裡。

皮拉歐似乎極度亢奮，嘴邊哼著曲調，那快速壯烈的曲風宛如軍隊進行曲。他朝哈德蘭懶懶地咧開嘴角，邊走邊扯掉近乎破碎的長袍，整個人看起來分明狼狽至極，卻帶著游刃有餘的瀟灑。

那一瞬間，哈德蘭忽然發現自己一直以來都小看了漁人。

那些對人類而言攻擊力強大的生物，不一定會對皮拉歐造成傷害，他一路上的照顧或許都是多餘的，「保護皮拉歐」這件事瞬間變得荒謬又可笑。

帶著一點白費力氣的氣悶，哈德蘭自顧自跨過食肉植物的死株，與皮拉歐錯身而過。他隨手拋出一條毛巾，並未停步。

皮拉歐分毫不差地接住毛巾，擦掉身上泰半黏膩的液體。

他扔掉毛巾跟上哈德蘭，敏銳地察覺哈德蘭似乎不太高興。

皮拉歐有些困惑，注意力卻被哈德蘭的腰腹吸引，那裡的衣物被食肉植物的觸鬚鞭出一道裂口，裸露出一小截皮膚。

「哈德蘭，你的腰側好像黏著一顆金色的小球。」

哈德蘭瞬間停住腳步，沒回頭沉聲問：「多小？」

皮拉歐伸出手往哈德蘭的腰處探去，哈德蘭低喝：「別碰！用吹的，不要碰到它。」

皮拉歐停住手，他微微蹲低靠近哈德蘭腰側，輕輕吹掉那顆小金球。

哈德蘭一動也不動，僵直著身體，「弄掉了嗎？」

「我檢查看看還有沒有別的。」皮拉歐靠得更近，在哈德蘭腰側徐徐吹拂，意圖吹落所有的雜物。

哈德蘭的身體越發僵硬，冷涼的氣流讓他腰側敏感得發癢。他微微喘了一口氣，懷疑自己中了蟾蛛的神經毒素，才會在剎那之間感覺暈眩。

那一聲極低極輕的喘息引起皮拉歐的注意，他分神問：「哈德蘭，你還好嗎？」

「趕、快、弄、掉。」哈德蘭咬緊牙唇舌微動，字詞全含在嘴裡，盡量以最小幅度的說話方式表達意見。

皮拉歐加大吹拂的氣流，一口氣吹過哈德蘭腰側所有裸露在外的皮膚，而後站起身。

「好了，可以走了。」

「動作放輕一點。」哈德蘭回頭交代。

不料皮拉歐站得極近，他的唇險險擦過皮拉歐的臉頰，兩人皆是一愣。

皮拉歐反應過來正要大步退開，哈德蘭先一步抓住他的手，唇靠得更近，傾近他的耳畔輕聲道：「別動，我們已經被蟾蛛包圍了。」

皮拉歐微微側首觀察四周，果然在茂密的草叢與樹幹之間瞧見一隻隻如他拳頭大小般的深綠色蟾蜍。蟾蜍身形狀似伊陸爾大陸的蟾蜍，蛛身滿布絨毛，口吐金色泡泡。

「尺寸愈小、顏色愈金的泡泡愈毒。」哈德蘭解釋道，「如果讓泡泡破掉，它會分泌神經毒素使獵物產生幻覺，自動走進蟾蛛的部落，進而被分食。」

哈德蘭推測黏在自己身上的金色泡泡應該不大，畢竟在皮拉歐提醒他之前，他都毫無所覺。

哈德蘭瞄了一眼方向指針，他們大約在叢林中央偏西的位置。如果傾全力往東北方奔跑，那條路徑最短，也許可以在神經毒素完全發作之前跑出哈瓦娜叢林。

一下定主意，他便將方向指針塞進皮拉歐手裡，低聲道：「我說跑，就跑。」

皮拉歐順著哈德蘭的視線看過去，那裡意外沒有任何一隻蟾蛛，他幾不可察地點頭。

「跑！」

話一落下，兩人便並肩往東北方跑。

哈德蘭邊跑邊從行囊中拿出龍麝香，「你可以閉氣多久？」

「至少一個小時。」皮拉歐自豪地說，「司琴者的基本條件。」

此刻的情勢異常險峻，哈德蘭卻笑道：「那就交給你了。從現在開始別呼吸，如果我失去意識，就往東北方跑。」

他點燃龍麝香，細細的白煙在身後拉出一道迴旋的白線。

皮拉歐詫異地看他，哈德蘭用拇指往後一指。皮拉歐回身向後看，不知何時早已清醒的巨蟒巴卡緊跟在後，與他們保持一定的距離，似乎在忌憚著什麼。

巨蟒身後跟著一大群蟾蛛，兩者之間彷彿有道無形的疆界。

沒有一隻蟾蛛跑在巨蟒之前，皮拉歐立刻領悟到哈瓦娜叢林的階級制度，他們原先所站之處之所以有一個破口，是因為那裡是巨蟒的領地，蟾蛛不敢接近。

皮拉歐邊跑邊閃避腳邊竄動的藤蔓，哈德蘭則跑在他身側。

兩人跑了約三十分鐘，哈德蘭忽然身形一晃往前傾倒，皮拉歐眼明手快抱住他，腳步頓時慢下，巨蟒瞬間竄到他們身後幾尺之處。

皮拉歐迅速背起哈德蘭繼續奔跑，過了一會，龍麝香即將燒到盡頭。皮拉歐分神往後看，巨蟒離哈德蘭極近，再往前幾吋就能咬掉哈德蘭的頭。

絕對不可以！他拚死也會保護哈德蘭！

皮拉歐瞬間激發出無窮的潛力，奔跑的速度霎時加快，再度與巨蟒拉開一點距離，但前方叢林茂密，看不見盡頭。

皮拉歐賣力狂奔，肺部被壓縮到幾乎沒有任何氧氣，他的臉完全漲紅，幾乎到達極限，他忍不住深深吸了一口氣。

龍麝香已經燃盡，殘留的餘香消散在空氣中，皮拉歐僅嗅聞到極淡的殘香，並未受到影響。他接連吸了好幾口氣，感覺體力恢復些許，他心裡一緩，腳步頓時慢下。

巨蟒巴卡再度逼近，危機近在咫尺。

皮拉歐用鰓煩悶地噴出一大口氣。

在大海之中，他曾與最凶猛的三頭黑鷺鯨同時廝殺，幾度危在旦夕，但他毫不畏懼挑戰。

他知道自己終會勝利，他從沒輸過。論體力、論能力、論琴技，他都是大海之中最強的，從沒有哪一刻像現在這樣，連架都不打轉身就跑，屈辱至極。

如果跟巨蟒幹上一架，他不見得會輸。皮拉歐的雙眼泛出藍光，正要回頭直面巨蟒，哈德蘭突然抱住他的頸項。

皮拉歐一怔，看見前方從樹林之間隱隱透進的亮光，精神頓時大振。他拚盡最後一絲力氣衝出樹林，一路衝到湍急的溪流邊，縱身跳入。

他和哈德蘭在水面浮浮沉沉。皮拉歐回頭看，巨蟒在叢林邊界反覆徘徊，似乎極其懊惱，卻沒有追出來的打算，看起來巨蟒巴卡無法離開叢林。

皮拉歐甩了甩頭，背著哈德蘭游過溪流，同時注意不讓哈德蘭的鼻子沉到水面下。

若有下一次，碰上巴卡時他一定會正面對決，不會輕易放過牠。

柳橙溪相當湍急，但對皮拉歐而言，這比複雜海流的交匯處簡單得多。他在水中慢慢划水，藉機休息，緩慢地游過柳橙溪。

皮拉歐不敢單獨將哈德蘭留在岸邊，自己睡在溪水裡。他怕入夜之後，山中野獸會來攻擊昏迷的哈德蘭，他也不會點火，不知道怎麼藉火驅逐野獸。

考慮許久，他在離柳橙溪不遠處找了塊平坦的空地，將哈德蘭平放，自己坐在哈德蘭身側保持警戒。

這個情形與過往相反，前幾次都是哈德蘭保護著他，替他守夜，如今哈德蘭在身旁沉睡，令皮拉歐覺得很是新奇。

他細細端詳著哈德蘭的睡臉。狩獵者的下巴長出鬍渣，雙眼緊閉眉頭皺得死緊，冷涼的汗水冒出額際。

入夜以後氣溫急速下降，哈德蘭溼透的衣服全黏在皮膚上，風一吹更加感到寒冷。他下意識蜷縮起身體禦寒，依偎靠近皮拉歐。

哈德蘭的體溫很燙，皮拉歐抱起哈德蘭，讓他靠坐在自己懷裡，再用四肢包覆，意圖用自己的身體替哈德蘭降溫。

相較於人類，漁人的體溫偏低，如沁涼的海水。哈德蘭翻身趴睡在漁人精壯的胸膛，眉心卻皺得更緊，喘息粗重反覆呢喃，精神狀態變得極不穩定，雙手反覆抓握著皮拉歐的背。

皮拉歐對人類的病症一竅不通，他想降低哈德蘭的痛苦，卻不知道該怎麼做。

他急得抱緊哈德蘭，卻造成反效果，哈德蘭開始用力掙扎，皮拉歐不得不放開他，改握住他的手。

如果理斯家族的大長老在這裡就好了，艾塔納瓦長老見多識廣，一定知道該怎麼辦。

他閉起眼，腦海裡浮現艾塔納瓦長老充滿智慧的灰藍眼睛。

在他小的時候，艾塔納瓦長老曾私下對他說：「皮拉歐，你的共鳴能力很強，你要懂得利用這股力量，維護大海的和平。」

「那不是司琴者的工作嗎？我會選上嗎？」他好奇地問。

艾塔納瓦長老將他抱坐到膝上。

「你一定會選上。近百年來，在你這個年紀，沒有人的共鳴能力比你更強。我相信有朝一日，你不用藍金豎琴也能讓大海共鳴。」

那就像是一句預言，由於艾塔納瓦長老的一句話，皮拉歐以司琴者為目標，更加努力地學習，最後也成功被選為當代的司琴者。

如果艾塔納瓦長老說的都是真的，他的共鳴能力真有強大到能維護大海的和平，那能不能用在哈德蘭身上撫平他的痛苦？

皮拉歐低下頭，額側抵著哈德蘭的前額，仿照往常彈奏藍金豎琴的方式，集中注意力將精神力往外送出。

漁人的藍眼睛再度發亮，帶著金屬般的光澤。

一瞬之間，腦海裡閃過片段的畫面，一隻巨大的純黑色蠍子揮起大螯，刺進他的身體，劇烈的疼痛從下腹蔓延而開。

皮拉歐皺緊眉，想再看得更仔細，畫面卻忽然消失，換作一個男人滿身是血躺在他懷裡，另一種撕心裂肺的痛楚從胸口漫開。那裡分明沒有傷口，卻比下腹的傷更疼。

畫面再度一閃而過，回歸黑暗。皮拉歐深吸一口氣，再度注入精神力。哈德蘭又掙扎起來，皮拉歐抱緊他，腦海裡回憶起安詳和平的大海葵和七彩斑斕的水母。

那個畫面似乎產生效果，哈德蘭慢慢停止掙扎，睡得更沉。皮拉歐放鬆下來，調整哈德蘭的姿勢，讓他斜靠在自己頸側，再度用全身包裹住他。

那是一隻異常巨大的黑蟄蠍，哈德蘭握緊卡托納彎刀，放低重心，保持著與黑蟄蠍一致的移動速率與牠周旋。

黑蟄蠍往右，他便往左，兩者的移動路徑各自形成一個粗略的半圓。

他從沒看過這種型態的黑蟄蠍，牠的螫上長著一根尖銳的針刺，在太陽照射下微微反光。

他瞇起眼，忽然寒毛直豎，與生俱來的直覺讓他迅速往後一躍，那根針刺竟在剎那間急速增長，直直擦過哈德蘭的太陽穴。

那瞬間，他的腦袋中央像被誰炸開一個洞，頭痛欲裂。哈德蘭用雙手壓住兩側的太陽穴，試圖降低穿腦的尖銳疼痛，無暇去管眼前那隻黑螯蠍。

下一刻，大螯從他的腰腹穿身而過，將他串在上頭。黑螯蠍舉起大螯，他整個人懸空，腰腹的傷口被撕裂得更大，鮮血順著大腿流了一地。

他的嘴唇泛白，逐漸失溫。

「哈德蘭！」

恍惚之間，他聽見熟悉的叫喚，視野的餘光閃過一抹靛藍色。

他盤腿坐在黑色的石礫上，一個男人斜枕著他的腿側。男人的胸腹間有一道眼熟的裂口，鮮血正不停滲出，染紅了兩人的衣物，儘管他不停地按壓男人的傷口，卻完全止不住血液的流失。

在男人的鮮血完全流乾之前，他們出不了伊爾達特。

他心裡知道，腿上的男人活不了了，再也不可能生還。

眼淚從他的眼角緩慢滴落，落在男人微睜的雙眼中，順著眼角淌下。

男人微微喘氣，嗓音低啞，「哈德蘭……」

「爸，爸，別離開我，拜託、拜託！」他低下頭，輕輕蹭著男人的臉頰，「醒醒，再一下就好，我們快到了、就快到了，爸，爸！」

「你要、你要活著出去，把長春花帶給希莉。」男人用盡全力拍了拍哈德蘭胸口，「要帶好，一定要拿給她。」

「我們一起，爸，我們一起，媽需要你，別丟下我們！」

他抱緊了男人，感覺自己的胸腹被浸溼，「爸！」

他把耳朵用力貼緊父親胸膛，彷彿這樣就能讓逐漸微弱的心跳聲變得清晰。男人的體溫漸漸冰冷，哈德蘭將父親抱得更緊，意圖用自己的體溫溫暖對方，他發出前所未有的哀鳴：「爸，爸！」

濃厚的血腥味漫入鼻尖，嗆得哈德蘭忍不住直咳嗽。他的胸口破了一個大洞，強勁的冷風挾帶著冰雪穿透胸膛，凍結他的心臟，所有的情緒都隨著部分靈魂一併消失了。

原來世界真的那麼殘酷，一條命得用另一條命來換。

為何不把他的命拿去？就把他的命拿去吧。

他還這麼年輕，一定還有好多年可以活。把他的時間分一半給父親或母親，隨便誰都行。

如果可以把他的命拿走把父親換回來，要做什麼他都願意！

哈德蘭感覺下腹隱隱發熱，身體裡似乎有某種能量呼應他的情緒，他來不及反應，整個人忽然被拉進大海裡。

橘紅色的大海葵在眼前張開無數觸手，隨著海流漂動。血腥味消失了，取而代之的是海洋潮溼的氣息，七彩斑斕的水母漂在身前，陽光穿透一團團半透明的身體。他張開手掌，指掌上盛滿彩虹的光影。

他盯著掌中的彩虹，突然想不起應該要做什麼，大腦之中全是海水的印象。

哈德蘭看見海洋深處泛著藍色金光的巨大豎琴，聽見海中奏起的音樂，感覺到海流的波動，水流正順著樂曲起起伏伏。

他對大海如此熟悉，彷彿生來就應該待在海裡。

這裡才是他的歸處。

柳橙溪湍急的水流在石塊側緣濺起水花，溪旁是一大片淺綠色的草地，再往陸地的方向看，數棵高聳的柳橙樹直立雲霄。

「柳橙」一詞在當地有著「偉大、崇高、值得敬仰」的意味，早期的住民對於高大的樹木與湍急的河流都抱著崇敬的心理，故而得名。

哈德蘭躺在地上仰望天空。

天氣很晴朗，太陽懸掛在厄斯里山頂峰的背面，背光之處有一大片陰影，顯得異常涼爽。

這裡的四季沒有太大的變化，白日只要出太陽，一下子就能讓人熱得汗流浹背，宛如剛橫渡大海般全身溼淋淋地滴水。

但是一入夜氣溫便即刻下降，若是在室內有擋風遮雨之處也罷，倘若露宿荒野，便有凍死的可能。

「你醒了。」

一張被燻得焦黑的臉懸在哈德蘭上方，唯獨那雙藍寶石般的雙瞳亮得驚人。

漁人的身上飄來一股夾雜著焦味的魚腥味，哈德蘭忍了又忍，才忍住嗆咳的欲望。

皮拉歐退開來，哈德蘭順勢坐起身，一塊焦黑的物體伸到他眼前。焦黑物體被一根樹枝叉著，哈德蘭抬起頭，看見在漁人身後不遠處飄出白煙的落葉堆。

「你的臉怎麼了？」哈德蘭望著那個落葉堆，視線又移回到眼前的焦黑物體，「這是？」

「呃，我想要……烤魚？」皮拉歐侷促地撫摸自己的右臂，「你不是喜歡吃烤的嗎？」

哈德蘭順著他的動作往上看去，才發現皮拉歐右手臂上的鱗片變成了灰黑色。

昨日漁人踏出食肉植物時，那些堅硬得宛如刀槍不入的鱗片僅是微微發白，今日那些鱗片卻全變得黯沉無光，有些甚至產生了缺口。

皮拉歐忍著對火的畏懼和炙熱的疼痛，弄傷強烈腐蝕液也無法損傷的鱗片，僅僅是為了烤魚給他吃。

一股難以言喻的感受驀然湧上，哈德蘭閉了閉眼，甩開那些會讓人變得軟弱的情緒。

他輕輕握住皮拉歐的右手腕，傾近那烤得焦黑硬脆的不知名物體，張口咬下一塊，他面無表情地咀嚼，脆硬的物體被咬得嘎滋作響，直到碎成足以吞嚥的程度。

哈德蘭極其困難地吞下口中的食物，又咬一口、再咬一口，將皮拉歐手中的烤魚全吞下肚。

「……好吃。」哈德蘭喝了一大口水，平靜地說。

漁人倏地綻開笑容，獻寶似從身後拿出三支各叉著一塊焦黑物體的樹枝，「我這邊還有。」

哈德蘭眼角微抽，「拿來吧，都給我吃。」

斯堪地聯邦冒險手記

CHAPTER FOUR

第4章

The Tales of Skandia Federal

皮拉歐趁著哈德蘭整理行囊時，在柳橙溪裡泡了大半會，休養生息。

哈德蘭背著行囊走到岸邊，皮拉歐倏地從溪水中站起身，他單手梳過頭髮甩動全身，水珠滑過手臂上缺損泛白的鱗片，飛散而出。

哈德蘭盯著漁人，罕見地感覺到一絲不自在。

「那個，要怎麼辦？」他問。

「什麼？」皮拉歐踏出柳橙溪，從哈德蘭手中接過行囊，又順著哈德蘭的視線看向自己的手臂。

「你說這些鱗片？」

哈德蘭從鼻腔深處哼出輕淺的一聲。雖然不是他讓皮拉歐去烤魚，但總歸是因為他才弄傷那近乎刀槍不入的鱗片，於情於理他都有責任。

「過陣子這些鱗片會脫落，再長出新的。」皮拉歐爽快地回答，「你別在意。」

「我不是——」哈德蘭的呼吸停滯了一瞬，在漁人直率信任的目光中嚥下反駁。

這種連累對方的不適陌生得讓人害怕，在樹林裡皮拉歐救了他一命，正巧抵銷他帶著皮拉歐躲過攀爬石壁時遭受的伏擊。短短兩日他們已出生入死數次，互相幫助之下也算不清恩惠。

但漁人缺損泛白的鱗片卻是無妄之災。那是漁人一心討好他的證據，皮拉歐分明那麼畏懼火焰，卻不顧天性將自己弄得灰頭土臉，也要烤魚給他吃。

哈德蘭移開視線，轉身往陸地處走去。

「你下次別再烤魚了。」

「你不喜歡嗎？」皮拉歐大步跟上，走到哈德蘭身側，「我一直以為你喜歡吃烤的。」

他的聲音彷彿哈瓦娜叢林裡麟花下垂的枝葉，帶著低落與沮喪。

哈德蘭目不斜視，「對，我不喜歡。」

「那你喜歡吃什麼？」皮拉歐追問，「你有沒有吃過黑鷺鯨？牠的魚鰭很好吃，我有沒有跟你說過我有一次同時跟三隻黑鷺鯨打架，還打贏了？」

「你正在說。」

哈德蘭走到高大的柳橙樹前站定，從背包拿出彈力套索，一端綁在自己腰上，一端綁在樹幹上。

皮拉歐挺起自己的胸膛，「你是不是覺得我很厲害？」

哈德蘭將裝備穿戴整齊，向皮拉歐招手，「你過來。」

待皮拉歐走近，他將第二套裝備與彈力套索套在皮拉歐身上。

「準備好了嗎？」哈德蘭平靜地問。

「準備好什麼？要開始爬了嗎？」皮拉歐雙手搭在柳橙樹的樹幹上，躍躍欲試。

「準備好讓你覺得自己很厲害。」

哈德蘭拿出弓箭連發三箭，三支箭都穩穩插在柳橙樹樹枝與樹幹的交會處，霎時間轟隆巨響，皮拉歐感覺腳下的地面正在震動，他詫異地看向哈德蘭。

「你有沒有想過，有一天可以在空中飛？」

狩獵者似乎心情很好，他的聲調低沉語氣短促，宛如剛出鞘的卡托納尖刀，刀鋒銳利得能劃開空氣，落下一句宣告。

下一刻柳橙樹迅速往上竄高，皮拉歐被腰間的彈力套索拉扯跟著向上彈，整個人頓失重心，在樹幹之間來回擺盪。

他垂首往下看，地面愈來愈遠，景物都凝縮成如漁人鱗片般的大小。新奇的感受讓皮拉歐忍不住大叫，只覺得興奮又刺激。

彈力套索搖擺的幅度漸漸趨緩，皮拉歐往上看，哈德蘭單手抱著樹幹，左手懸在額前遮擋陽光，正往遠處眺望。

皮拉歐連忙也抱住樹幹，緩慢地往上爬。他幾度穿過淺白的雲霧，爬到哈德蘭身側。

雲端之上視野更加遼闊，昔日只能遠望的雄鷹，正展翅飛過他的頭頂，皮拉歐興奮大喊：「哈德蘭，有老鷹！」

哈德蘭正聚精會神觀望適合跳躍的山頂處，皮拉歐一叫便打斷了他的專注力。

他剛想叫皮拉歐閉嘴，一隻藍喉北蜂鳥快速飛過兩人前方，皮拉歐又喊道：「哈德蘭，我見過那隻鳥！」

「皮拉歐。」哈德蘭不得不喚回漁人的注意力，等皮拉歐重新看向他，哈德蘭叮囑道，「準備好，等我數到三，我們就跳下去。」

「要跳了嗎？從這裡跳？怎麼跳？跳到哪裡？可以再等一下嗎？」

一連串的疑問砸得哈德蘭找不到空隙插話，他沒好氣地嘖了一聲，卻正對上一雙興奮的藍眼睛。那雙眼睛裡浪花翻騰，瞬間將他捲進深邃的大海，落入海底深處的漩渦。

「哈德蘭？」

他回過神來，別開視線。

「可以。」

其實現在就可以跳，但再等一下也無妨，哈德蘭想。

配合風速，哈德蘭與皮拉歐成功降落在厄斯里山頂。

兩人在雪地上連著翻滾幾圈，哈德蘭陷在雪堆裡直喘氣，努力抬起頭保持呼吸暢通。眼前只見烈日當空，難以想像幾日前這裡曾出現千年難得一見的冰雪暴。

「哈德蘭！」

皮拉歐雙手並用刨開雪層，如水晶般折射出多層光采的藍眼睛倏地完全覆蓋哈德蘭的視野。

哈德蘭直愣愣地盯著瞧，漁人已經耐不住性子湊到他眼前。

「哈德蘭，你沒事吧？」

熱燙的氣息噴在哈德蘭臉上，他不自在地推開皮拉歐。

「別靠那麼近，我不喜歡。」

「我先拉你出來。」皮拉歐將哈德蘭拉出雪堆。

他環伺四周，樹木稀疏，樹枝還堆著殘雪，看起來一片白靄靄。空氣中泛著潮意，又溼又冷，吐出的氣息在空中凝成縷縷白煙。

皮拉歐鬆了口氣，這是他熟悉的環境和溫度。

他習慣性轉頭尋找哈德蘭，狩獵者正從他的萬用背包裡拿出厚外套抖開穿上，又朝皮拉歐歪了歪頭。

「走吧。」語畢，哈德蘭便率先往山頂的小木屋走去。

山頂的小木屋是為了狩獵者準備的。

哈德蘭熟門熟路地推開木門。小木屋裡有張傾倒的木椅，空氣中殘留著灰敗的塵土味。他隨手檢起地上的樹枝在壁爐裡翻動，壁爐裡殘留著幾根焦黑的枯枝。

按照他們的腳程，勢必無法在日落之前切到下山的路段，但今晚如果想在小木屋裡過夜，這點柴火不足以燃燒一整個晚上。

哈德蘭走出小木屋。附近的紅木全被白雪覆蓋，落在地上的殘枝也沾滿霜雪，溼透的木頭點不著火，毫無用處。

他走了一圈，找不到完全乾燥的樹枝，最後還是勉強撿了不少殘枝回到小木屋。

皮拉歐坐在地上，嘴裡叼著乾巴巴的小魚乾。哈德蘭將溼透的殘枝放在地上，從背包裡拿出小刀開始削皮。

皮拉歐自動自發拿出同款小刀，跟隨哈德蘭的動作。

漁人的指掌寬大，一使力就削下一大塊樹皮。哈德蘭按住他的手腕，示範如何用小刀靈巧地削下輕薄的一層樹皮，皮拉歐埋頭嘗試，不久兩人便將所有溼透的樹枝表皮削除乾淨。

那些樹枝浸在雪地裡太久，表層的水分滲得很深，皮拉歐又削去太多樹皮，最後乾燥的木芯不到原先樹枝的一半份量。

天已經黑了。

哈德蘭將木芯丟入壁爐點起火，小小的火苗在空中來回擺盪，彷彿頃刻間便要熄滅。

他站在壁爐前擋住從木屋縫隙透進的細微冷風，仔細地守護那縷小火苗。火焰逐漸擴及到更多的木芯，燒得愈發旺盛，跳動的火焰成了小木屋裡唯一的光源。

哈德蘭扶正傾倒的木椅，又脫下溼透的鞋襪和外衣，將衣物披在椅背上，雙手攤開靠近壁爐烘烤。

溫熱的氣流讓凍僵的指尖末端逐漸恢復知覺，哈德蘭坐在壁爐旁，靠著木牆，這才轉頭關心從方才就沉默得反常的漁人。

皮拉歐站得離壁爐遠遠的，瀅藍色的雙眼直視著哈德蘭，似乎在等待他的注意。

一等他轉頭，皮拉歐就迫不急待地問：「我們快到了嗎？」

「嗯，明天就可以下山。下山的路比較好走，一天內就能走到伊爾達特的入口。」

伊爾達特為險峻地區，需取得探險隊公會的許可才能進入。

從哈德蘭發出消息至今，明天探險隊公會應該會備齊人馬等在伊爾達特的入口處接應。

探險隊公會的門路多，裝備又充足，只要他們能與那些狩獵者會合，就有更大的保障。

他們上山的路途短，基里部落的族人再怎麼貪快，都不可能趕到他們前頭，進而埋伏在下山的路段。理論上他們在與其他狩獵者會合之前，不會再發生變故。

但不知怎麼回事，哈德蘭有種不祥的預感。他長年在險境出生入死，對於直覺有種莫名的信任，更不敢掉以輕心。

「太好了！」皮拉歐小聲地歡呼，湊到哈德蘭面前，「所以我們明天就能進到伊爾達特！」

哈德蘭皺緊眉心，忽然看不慣皮拉歐過度樂觀的態度。

「你聽好，伊爾達特比厄斯里山更危險，沒有足夠的準備，很可能進得去出不來。下山之後，我們會先和探險隊會合，擬定進伊爾達特的路線。」

「還會有其他人？」皮拉歐的重點全放在另一個情報上。

「會有其他探險隊的人手。別擔心，都是我信任的人。」

哈德蘭能懂皮拉歐的隱憂，這一路上除了他以外，皮拉歐遇見的人類都貪婪得可怕，漁人不信任人類也是可以預見的。

「會有誰？」皮拉歐更加好奇。

哈德蘭在他的印象中一直都是獨來獨往，看似極度不願和他人有所牽扯。能讓哈德蘭極度信任的人類會是什麼樣子？個性作風也和哈德蘭很像嗎？

「我向公會申請兩位狩獵者支援，來的應該會是法恩斯和盧可。我認識他們多年，他們都很值得信任。」哈德蘭解釋道，「伊爾達特依據土壤特性分成三個區塊，每一區的環境都不相同，我們會需要幫手。」

他拿起一旁的樹枝，在地上畫出三個同心圓，最外圈與第二圈畫得很近，像是剖半的圓蘋果，覆著一層薄薄的果皮，正中心還有顆果核。

「從入口進去，我們會先碰上紅礫土區。」哈德蘭用樹枝尖端戳了戳繪製的那層蘋果皮。

「這裡是伊爾達特的最外圍，靠近人類的居住地，環境相對適合生物生存，所以有最多樣的物種。例如長著翅膀的紅蜥蜴，會從空中俯衝，攻擊生物獵食。

「在紅礫土區要特別小心腳下，這裡的生物膚色偏紅，保護色讓牠們容易藏匿在環境中捕食。」

皮拉歐似懂非懂地點頭。

「第二圈，也是伊爾達特範圍最大的黃沙土區。與紅礫土區相反，這裡處處有流沙，一不注意就會踏進流沙被活埋。

「黃沙土區幾乎沒有動物，但長著稀稀疏疏的巨大椰子樹。一旦進入黃沙土區就很容易迷失方向，如果把那些椰子樹當作路標，那你別想再回家了。」

哈德蘭嚴肅的臉上映著搖曳火光，遠離壁爐的半張側臉落在陰暗處，顯得更加陰鬱。

「黃沙土區的椰子樹是會移動的，至今還未找到它移動的規則，但有人發現只要不去採摘樹上的椰子，短時間內它就不會移動。」

哈德蘭半說明半警告，皮拉歐卻聽得津津有味。

「那最裡面這一圈呢？」皮拉歐往圓心指去。

那一刻哈德蘭的臉扭曲了一秒，又瞬間恢復成往日的淡漠。

皮拉歐恰巧捕捉到哈德蘭在那一剎那的失態。

壁爐裡的火苗逐漸微弱，屋內的氣溫降得更低。哈德蘭從背包裡拿出小酒壺，仰頭往嘴裡倒了幾口雪透酒，熱辣的酒液從喉頭往下蔓延至胃部。

他將小酒壺放置在身側，隨意地用手背抹過下唇，「最裡面這一圈是黑石土區。我們不會進去。」

「為什麼？」皮拉歐靠得更近，身軀恰巧替哈德蘭擋住一側的寒風。

哈德蘭往壁爐的方向側身退開幾許，烈酒入喉加上漁人的體溫，讓他的額側泛出汗意。

「因為沒必要。」哈德蘭指著同心圓中面積最大的黃沙土區。

「傳說中藍玫瑰開在沼澤邊，但是探險隊從沒在伊爾達特見過沼澤。

「如果照你所說，伊爾達特真的有長著藍玫瑰的沼澤，我認為沼澤位在黃沙土區。而且黃沙土區有會移動的椰子樹和位置不固定的流沙，合理推測那片沼澤可能也會移動。」

「不管沼澤在哪裡，我都一定會找到，你只要帶我到那裡去。」皮拉歐咧開嘴角，露出兩排尖銳的白牙。

哈德蘭向來對漁人毫無根據的自信不置可否，甚至會以更加嚴苛的標準來評估說詞的可信度。

不過這幾日與皮拉歐相處下來，漁人強悍的適應力與無與倫比的身體素質處處出乎哈德蘭的預料，讓他不得不推翻先前的成見，不情願地猜想，也許漁人真有特殊能力能找到藍玫瑰。

他決定挫挫皮拉歐的自信，要漁人別低估死亡沙漠的危險性。

「……你的手臂，好點了嗎？」

他一開口，問句宛如小石塊般快速滾出舌尖，讓他連咬住都來不及。

皮拉歐往哈德蘭坐近一步，橫過自己的右臂。

近看之下，精壯手臂上泛白缺損的鱗片映在哈德蘭眼裡，更顯得怵目驚心。

皮拉歐捏住其中一片即將鬆脫的鱗片正要使力，哈德蘭迅速壓住他的手腕，「別扯。」

「鱗片掉了之後，過幾天就會長出新的。」皮拉歐不在意，晃著手腕示意哈德蘭鬆手。

哈德蘭半信半疑地放開，皮拉歐便快速扯下鬆脫的鱗片，脫落之處頓時溢出鮮血，滴滴答答地流下手臂。

哈德蘭皺緊眉，拿起小酒壺倒出雪透酒，澆在半月形的傷口上。

他覆上嘴，來回舔吮著冒血的傷口。鱗片堅硬邊緣銳利，哈德蘭的舌尖也被旁側的鱗片劃過一道，嘴裡全是混著雪透酒的鐵鏽味，分不出是他的血還是皮拉歐的血。

皮拉歐的手臂微微泛癢，他垂頭看見哈德蘭專注的表情，心臟忽然像被彩蝶魚柔軟的魚鰭輕輕掃過般。那種感覺很陌生，他不曾有過、也說不明白，只知道不討厭，甚至有些歡迎。

哈德蘭等嘴裡的鐵鏽味散去，抬眼望向皮拉歐。

微弱的火光下，漁人的臉孔輪廓模糊不清，只看見一雙漂亮得驚人的藍眼睛，眼底的浪花再度將他捲入漩渦。

他的時間被凝固，被無止境地延長，他聽見波濤洶湧的浪潮，海底湧動的水流彷彿在體內流動，順著血脈流進心臟。

那一刻，他聽見廣闊大海的呼吸。

「霹啪。」

火焰燃燒的聲響驚醒了哈德蘭。

哈德蘭猝然放下皮拉歐的手臂，他的喉結滾動，聲音低沉沙啞，「血止住了。」

他靠著木牆邊坐下，拿起腳邊的雪透酒，仰頭喝了一大口，沖淡嘴裡的血腥味。

冰冷的酒一滑下喉嚨，熱燙的火焰便從腹部一路往上燃燒。哈德蘭呼出一口氣，將兩手的袖口往上捲至手肘。

細微的冷風從縫隙中拂過背脊，他不覺得寒冷，反而希望冷風再大一點。

初見皮拉歐，他就覺得那雙藍眼睛很漂亮，比他見過號稱世界上最純粹的藍寶石還要漂亮。

前幾天，他的心思都放在趕路上，沒留意過那雙眼睛。

但自從開始在意皮拉歐受損的鱗片，他放在漁人身上的注意力跟著提高。當看見那雙藍眼睛時而盈滿月色入水的光華，時而如深邃溺人的漩渦，一不注意就會直盯著瞧。

哈德蘭闔上眼，決定將他的反常歸咎於烈酒營造的錯覺。

此刻皮拉歐望著自己的手臂，半月形的傷口確實不再滲血。他撫摸著傷處，那是哈德蘭觸碰過的地方，某種難以形容的想望驀地出現。

他想要哈德蘭再做一次，再一次用舌頭舔吮他的手臂。

那個念頭突兀地出現，他難以理解卻又覺得理所當然。

皮拉歐甩了甩頭，靠近哈德蘭身側。

濃烈的酒味縈繞著哈德蘭，醺得皮拉歐有些暈眩，他打起精神輕喚：「哈德蘭。」

哈德蘭閉眼吐出一口長氣，充作是應聲。

「你……」皮拉歐一頓，忽然不知道怎麼開口。他感覺到哈德蘭此刻不願和他對話，沮喪地垂下肩頭。

沉默之間，火焰燃燒的聲響逐漸微弱，火光幾度閃閃爍爍，終漸暗下。

哈德蘭的酒意褪去，寒風在屋外颳得凜冽，彷彿光憑呼嘯的風聲都能凍結知覺，他下意識靠近左側溫熱的軀體。

皮拉歐順勢環住哈德蘭勁瘦的腰，讓狩獵者靠在他的頸側睡。他的體溫雖略低於人類，在寂冷的雪夜裡，漁人恆常的體溫竟還比人類更高一點。

此情此景與前一晚哈德蘭因發燒而昏迷不醒的情況有些類似，這是他第二次與哈德蘭相擁而眠。

前一晚皮拉歐對哈德蘭的病況感到著急，滿腦子只想著怎麼紓解哈德蘭的不適，甚至動用共鳴能力，但今晚哈德蘭安穩地睡在他身側。

皮拉歐端詳著哈德蘭放鬆的眉眼，罕見地放輕自己的呼吸，就怕驚擾對方的睡眠。

有時候他覺得以漁人貧瘠的詞彙，很難去形容某些特別的時刻，反而不如人類語言般有著許多精妙的用字，斯堪地語甚至能準確形容揉合各種情緒的心情。比如此刻，他感覺到被信任，感覺到高興，也感覺到寧靜。

「啪嚓。」

一聲輕響，哈德蘭迅速睜開眼。

漁人站在他身前，正背對他伸懶腰。從屋頂縫隙透進的陽光融進空中飄浮的塵粒，緩緩落在漁人的背上，他的身後彷彿長出一對巨大的金色翅膀，正欲展翅翱翔。

那是力量揉合藝術的極致展現。

哈德蘭站起身，乾枯的落葉在他的腳下碎裂成屑。

皮拉歐回頭，陽光錯落的金色魔法瞬間消失，他咧開嘴，「早安，哈德蘭。」

「早。」

哈德蘭背起行囊，又拿起一根樹枝翻動壁爐裡的火堆，確認火苗全都熄滅後，才扔掉樹枝。

兩人離開小木屋，往下山的路段走去。下山的路是一般道路，比上山時的捷徑安全得多。

皮拉歐腳步飛快跟著哈德蘭，「今天是不是就會到伊爾達特？」

「如果沒意外的話。」哈德蘭趕路的步伐一刻也沒有慢下。

他們走了約三分之一的路段，地面忽然出現一窪金黃色的黏稠液體，空氣中瀰漫著花香。

哈德蘭停下腳步，在空氣中用力嗅聞，這是麟花蜜的氣味。

麟花只長在哈瓦娜叢林裡，它的花蜜香甜而濃郁，富有極高的營養價值。

而且麟花的香氣能傳播得極遠，在狩獵者發現麟花與附近築巢的麟花蜜蜂前，麟花蜜通常已被野生動物掠奪一空，因此對人類而言極其罕見。

「這個好香好甜。」

皮拉歐蹲在那灘麟花蜜前，用手掌沾了一些放進嘴裡。蜂蜜化在舌尖上，混著唾液，嘴裡全是甜膩的滋味。

「別吃了，別看到什麼東西就吃。」哈德蘭無奈地制止，「有毒的話怎麼辦？」

「如果有毒的話，這些螞蟻早就死了。」皮拉歐指著圍繞在麟花蜜旁的金黃色螞蟻，那是以糖為食的糖蟻。

哈德蘭不得不認可皮拉歐的求生直覺，「好了，我們跨過去吧。」

兩人跨步走過那灘麟花蜜，花蜜極為黏稠，他們鞋底黏著薄薄的一層蜜，沿途留下兩列沾著蜜的足跡。

哈德蘭的腳步慢了下來，鞋底的蜂蜜讓他每一步都走得笨重，他總覺得有些不對勁。

麟花距離此處相隔一個山頭，是哪裡來那麼多麟花蜜，又怎麼會倒在那種地方？

不管是野獸或人類，如果那生物不小心打翻了收集的麟花蜜，為什麼這一路都沒有留下任何沾黏著麟花蜜的腳印？

皮拉歐忽然停下腳步，「哈德蘭，你有聽見什麼聲音嗎？」

哈德蘭凝神細聽，只有聽見靠山那側傳來風吹過樹枝間沙沙作響的聲音。

「沒有，怎麼了？」

「氣流不對，風聲也不對。」皮拉歐趴在土地上，聆聽大地傳達的訊息，「好像有東西過來了。」

與此同時，地面開始輕輕震動，哈德蘭忽然想到，在厄斯里山的這一側並不是絕對安全。

下一刻，樹叢被猛然撥開，露出黑熊巨大的身軀。

牠兩隻前腳搭在樹幹上，雙眼看向哈德蘭與皮拉歐，張嘴露出細長尖銳的獠牙，低沉的吼叫彷彿連空氣都被震得發抖。

哈德蘭渾身緊繃，悄悄從行囊抽出卡托納彎刀，嚥下一口唾液。

他怎麼會那麼大意？怎麼會沒料到如果氣候變遷讓巨蟒巴卡在非休眠時期沉睡，那以往在此時休眠的黑熊，也有可能是清醒的？

他們的腳底沾著麟花蜜，一路印著香甜的足跡，怎麼可能不引起黑熊的追擊？

哈德蘭握緊卡托納彎刀，論逃跑他們一定快不過黑熊，只能硬碰硬了。

皮拉歐驀地站到哈德蘭身前，擋住哈德蘭的視野。

哈德蘭握住皮拉歐的手腕，打算將漁人拉到自己身後，豈料皮拉歐扯掉他的手，左右歪了歪頸項，似在舒展筋骨。

他回頭朝哈德蘭咧嘴一笑。

「哈德蘭，這次讓我來。」

斯堪地聯邦冒險手記

CHAPTER FIVE

第5章

The Tales of Skandia Federal

黑熊從斜坡跳下至山路，朝他們直奔而來，哈德蘭與皮拉歐一左一右快速跑開，黑熊往右轉向追擊皮拉歐。

皮拉歐兩步跑上靠近山側的斜坡，攀上樹幹等黑熊靠近。他一躍而起，跳至黑熊頭頂，掄起拳頭捶向牠的右眼。

黑熊吃痛地發出大吼，雙掌在臉上摸索搜尋著皮拉歐，皮拉歐趁隙再度掄起拳，往左眼猛揍。

他的力道很大，眼睛又是黑熊極其脆弱的部位，兩拳便讓牠的雙眼泛起血絲。黑熊痛得大力甩頭，想甩下皮拉歐，他緊抱住黑熊的頸項，身體頓時懸在空中，被反覆甩動。

哈德蘭看得膽戰心驚，他握著卡托納彎刀從黑熊身後靠近。

黑熊後背有一道泛白的傷痕，哈德蘭認出了這隻黑熊，這不是他們第一次打交道。

哈德蘭趁黑熊無暇顧及他時，快速往黑熊的舊傷刺了一刀，又迅速退開。

卡托納彎刀相當鋒利，立刻在黑熊身上開出一道傷口，鮮血噴濺而出，染紅他方才站立的位置。

黑熊發出狂暴的吼叫，震得附近的樹木微微顫動。

牠一把抓住掛在頸側的皮拉歐，張嘴便咬住皮拉歐的右手臂。但漁人的鱗片過於堅硬，無法一口咬斷，皮拉歐的手臂便卡在黑熊的齒列之間。

皮拉歐屈起手肘，對著黑熊的上顎猛擊數次。

黑熊發出粗重的呼吸聲，更加用力地咬住嘴裡的食物。牠一使勁，皮拉歐揮拳的力道便跟著加大，黑熊疼得瞇起眼，口涎從無法閉合的嘴角淌下，皮拉歐的額側也因疼痛和用力過度冒出汗液。

他們互不相讓，陷入僵持。

哈德蘭脫掉礙事的靴子，從黑熊背後無聲無息地靠近，他隔著黑熊對上皮拉歐的視線，兩人的目光一觸即分，卻在瞬間取得了共識。

哈德蘭一刀刺向黑熊背部的傷口，黑熊痛得張開嘴吼叫，皮拉歐趁機抽出右臂，再度對著黑熊的頭顱猛捶數拳，將牠揍得頭暈眼花、轟然倒地。

哈德蘭連忙上前檢視皮拉歐的傷勢。

漁人的右手臂上有數片鱗片脫落，缺口處全是鮮血。他皺著眉，從背包裡拿出水壺，將清水倒在皮拉歐的手臂上清洗傷處，然後倒了點雪透酒進行消毒。高濃度的酒精澆在多處傷口上，刺激性的疼痛讓皮拉歐眉心微微一抽。

當哈德蘭要抹上特製的藥膏時，皮拉歐故作平淡地問：「哈德蘭，這次不用舔嗎？」

哈德蘭垂首替皮拉歐纏繞繃帶。

「不行，傷口太多，要仔細處理。」

「喔——」皮拉歐悶悶地拖長了尾音。

哈德蘭抬眼瞧見皮拉歐失落的表情，開口安慰道：「你的傷口看起來不嚴重，睡一覺明天就會好。」

「傷口？噢，對。」皮拉歐反覆轉動手腕，「放輕鬆，這是小事，我受過更重的傷，就是和黑鷺鯨打架那次。」

「那你為什麼看起來一臉……算了，沒事。」

哈德蘭撿起掉落一旁的靴子穿上，轉身往山下走。

「快走，我可不想再碰到第二隻黑熊。」

「不會有第二隻黑熊。」皮拉歐跟上哈德蘭的腳步，「剛剛那隻黑熊就算不是黑熊裡的王，也是黑熊群中地位高的，牠的血會讓其他黑熊不敢靠近。」

「你怎麼知道？」哈德蘭往旁邊瞪了一眼。

皮拉歐的推測是正確的，那隻黑熊背上的舊傷正是哈德蘭的傑作。以前哈德蘭在哈瓦娜叢林狩獵時，曾經和這隻黑熊之王爭搶過麟花蜜。當時他靠著對地勢的熟悉，在黑熊之王的背上留下傷口，搶到麟花蜜。

「我就是知道。」皮拉歐聳了聳肩，嘴邊的笑容透出所向披靡的自信，「我只跟王打架，而且我會贏。」

哈德蘭嘖了一聲，心情卻意外地輕鬆。

「你的自信沒有根據。」

「但你相信我。」皮拉歐語調輕快，陽光落在他身後，襯得那雙藍眼睛比往常更亮，好似在發光，「那就夠了。」

哈德蘭被那光刺得別開眼。

為了完成任務，一路上他一直承擔著皮拉歐的信任，但此刻他意識到，皮拉歐對他的信任在不知不覺間，已經加重到他毫無預期的程度。

重到他覺得自己需要付出點什麼來交換，他當初可沒有答應這個。

惱怒的情緒一下子竄出。

他不是一再警告過皮拉歐不要隨便相信別人，不要輕忽這趟任務？

他一再要求皮拉歐小心謹慎，但皮拉歐似乎天生沒有「小心謹慎」的神經，總是直面挑戰，而且堅信自己會贏。搞得哈德蘭在衡量現況時，還得分神照顧橫衝直撞的漁人。

他替自己找了個大麻煩，而且還沒搞清楚當初自己為什麼會答應。

這全是皮拉歐的錯，如果他不停下來吃麟花蜜，他們就不會碰上黑熊；如果他不踩到食肉植物的藤蔓，他們就不會踏入蟾蛛的領地，更不會被巨蟒巴卡追殺。

如果皮拉歐不要求走捷徑，他們就不會在厄斯里山峭壁遇險；如果皮拉歐不堅持一起進伊爾達特，他和熟悉的探險隊也許早就進入了伊爾達特，不會讓皮拉歐把自己弄得滿手都是傷口。

哈德蘭氣悶之餘忍不住想，如今會造成這個情況，還不都是因為、因為——

因為他自己。

是他總是替皮拉歐收拾善後，才讓皮拉歐放心地勇往直前；是因為他總是在後方支援，才讓皮拉歐深深地信任他，而且作風愈來愈膽大。

「嗤。」他驀地嗤笑出聲。

「怎麼了？」皮拉歐猜測道，「我們要到了？」

「對。」哈德蘭看著前方整排隨風飄揚的芒草。

「穿過芒草小徑，後面就是伊爾達特。」

眼前的芒草比哈德蘭略高一點，若想穿過這片草原，通常要佐以方向指針來確定方位，但哈德蘭隔著芒草，看見了空中那頭飄盪著熟悉的旗幟。

旗幟上繡著三頭雄鷹，分別是紅、藍、黃三色，雄鷹的顏色鮮豔搶眼，象徵探險隊公會冒險犯難的精神。

哈德蘭領著皮拉歐，朝著旗幟所在的方向快速穿過一大片芒草。

他一撥開最外層的芒草，就見探險隊公會的新式馬車停在前方的空地。

馬車旁站著幾隻駱駝，車頂上飄著探險隊公會張揚的會旗，但引起哈德蘭注意的卻是站在馬車前的女人。

女人留著一頭紅色短髮，五官深邃，腰間繫著一排卡托納隨身獵刀。她穿著淺棕色的長袖上衣，搭上探險隊公會特製的粉色小背心，左手上臂綁著一支小刀，下半身套著一件深棕色的緊身長褲，整個人看起來俐落幹練。

此刻她正雙手環胸眉心微皺，雙腳岔開站立，右腳掌頻頻點地，對著一旁正在研究地圖的男人抱怨道：「哈德蘭太慢了。」

「艾蕾卡，妳在這裡做什麼?」哈德蘭皺起眉，「提姆怎麼可能答應讓妳來?法恩斯見鬼的跑哪去了?」

馬車旁的男女同時抬頭，男人一見到哈德蘭，頓時露出慶幸的表情。他接過哈德蘭背上的重物，立刻上前一步與哈德蘭手臂相撞，兩人深深擁抱。

皮拉歐站在哈德蘭身後。

他第一次看見哈德蘭與他人親暱的互動，莫名的不適感在胸腔盤旋，彷彿有股氣泡哽在心肺之間，異常難受。

他習慣了這幾日只有哈德蘭的生活，習慣兩個人彼此互相照應，便忘記哈德蘭還有別的朋友，那些朋友全都是不認識的人。

皮拉歐不明白這種近似於寂寞的感受，也不知道該怎麼辦，世界上有很多事不是打一架就好。

「你怎麼讓她留下來？」哈德蘭的語氣活像看到盤據在火山口附近休眠的火龍，充滿忌憚，又不得不小心謹慎應對。

男人皺著鼻子埋怨地問：「你覺得我能違反公爵夫人的指令嗎？」

「你只是不想惹麻煩。」哈德蘭嘆出一口長氣。

艾蕾卡挑起一邊的眉，「嘿兩位，我有名字好嗎？」

「妳在這裡幹嘛？我明明向公會申請讓法恩斯來。」哈德蘭認命地放開好友。

「上個月聽說妳要生產，現在為什麼不待在城堡裡休息？給我一個不把妳打包送回去給提姆的理由。」

「因為我比我弟技術好。」艾蕾卡逕自走到皮拉歐身前伸出手，「你好，我是艾蕾卡．杜特霍可。」

「皮拉歐．理斯。」皮拉歐伸手握住艾蕾卡，「杜特霍可？所以妳是哈德蘭的——」

「弟媳。」哈德蘭把那個字眼說得像是長著大獠牙的雪豹，「她的丈夫提姆斯基．杜特霍可是我的堂弟。」

「你有兄弟？你沒告訴我。」

皮拉歐感覺到一股難以言喻的滋味。他和哈德蘭分享家族的大小事蹟，但哈德蘭卻完全不提家裡的事，讓他以為哈德蘭沒有親人，還曾經想過要把哈德蘭介紹給自己的家族，把自己的家人分給哈德蘭。

原來一切全是誤會，哈德蘭不是沒有家人，只是不想告訴他。

一股比寒流更冷的情緒在心臟凝結，讓他不適地揉著胸口。

他還以為他跟哈德蘭是朋友了。

「因為那不重要。」哈德蘭指著一旁的男人向皮拉歐介紹，「這是盧考夫．克雷斯特，他對環境有很高的敏銳度和天生的方向感，我們穿過黃沙土區都要靠他。」

「嘿，叫我盧可就好。」盧考夫伸出手。

「皮拉歐。」皮拉歐很快收拾好情緒，與盧考夫握手。

盧考夫的頭髮是很淺的棕色，眼睛是淺綠色，微笑時眼角會有三條小小的細紋，看起來很和善。

他和哈德蘭差不多高，身上也穿著淺棕色長袖上衣，外搭著淺藍小背心，小背心的胸口繡著三隻雄鷹的標誌，其下則套著與艾蕾卡相似的深棕色長褲。

「你的會服在馬車裡。」盧考夫扭頭對哈德蘭道，「我們也幫皮拉歐準備了一套。」

他打量著皮拉歐，「哈德蘭說你們兩個身材差不多，不過我看你更壯一點，不知道衣服合不合身。」

「我不用……」皮拉歐不習慣穿衣服，他身上的披風還是哈德蘭為了掩人耳目替他披上的。

「穿著吧，防晒防蟲防毒蛇。」哈德蘭從盧考夫手中接過兩套衣物，一套遞給皮拉歐，「之前沒問你，沒有水的話你可以在陸地上活動多久？」

「我沒算過，至少一個月吧。」

皮拉歐脫下有些破爛的披風，跟著哈德蘭換上探險隊公會的會服。

「一個月？認真的嗎？」盧考夫吃驚地重複，「為什麼我很少看到漁人上岸？」

「因為一般的漁人不行，只有司琴者例外。」皮拉歐聳聳肩。

漁人通常不能離開水太久，但是司琴者有豎琴之神的祝禱，能在陸地待上更長的時間。艾塔納瓦大長老也說，他的共鳴能力是近百年來最強大的，所以沒有標準可以參考。

「司琴者是什麼？」盧考夫感興趣地問。

「你問題太多了，省點精力做正事。」哈德蘭打斷對話。

他已經換上淺棕色長袖上衣與深棕色長褲，外搭一件淺藍色小背心，腳下穿著探險隊公會特製的硬底皮靴。

他刮掉大片的落腮鬍，露出一張眉目清俊的臉。此刻的他眼神銳利五官剛硬，硬挺的鼻梁彷彿天地鑿出的高山，整個人看起來像把剛出鞘的卡托納彎刀，鋒利得能切開空氣。

「我們先討論路線。」哈德蘭接過盧考夫手上的地圖，用炭筆從伊爾達特的入口處往裡畫出一道直線，「這樣走如何？」

「不好。」艾蕾卡截過地圖，從口袋摸出一支炭筆，由入口處往裡拉出一個M字，「我們不是要找沼澤嗎？這樣走才能大面積又有效率地搜索。」

「去程和返回的路徑太近，這樣走太浪費時間。」哈德蘭指著M字的兩側尖端處，「還不如這樣。」

他用紅色的炭筆在地圖上增添兩筆，與自己原先畫出的路線連成三角形。

「那這邊和這邊呢？都沒搜索到就要走回頭路？你是太久沒出任務腦子閒壞了，還是體力變差走不動？」艾蕾卡輕拍哈德蘭的手臂，「這裡軟得跟藍喉北蜂鳥一樣。」

哈德蘭拍開她的手，「我相信我的體力一定比躺在床上九個月的人好一點。」

皮拉歐看著那兩人爭論的背影，「你不過去表示意見？」

盧考夫從懷裡摸出一根菸斗，塞入菸草點火，抽了一口後深深吐氣。灰白色的煙霧從他的鼻腔與嘴裡同時噴出，形成一圈圈軟綿綿的煙圈。

「你看著吧，我這菸斗抽完他們都還沒吵完。」

他的菸癮大，一天最少要抽三次，堅守著「寧可不吃飯也要抽菸」的原則。

皮拉歐被菸味熏得忍不住打了好幾次噴嚏，他退後一步側過身。

「哈德蘭看起來很高興。」

盧考夫挑起一邊的眉毛，「你能看出來？」

「他平常不會說那麼多話，只是一直趕路。」

一開始這對喜歡熱鬧的皮拉歐來說很不習慣，但連日相處下來，他慢慢摸透了哈德蘭的肢體語言。

即使哈德蘭經常冷著臉，他還是可以感覺到對方並沒有生氣，只是在思考。

「唔。」盧考夫噴出一大口白煙圈，以一種緬懷過去的語氣道，「哈德蘭那傢伙不講話的時候就像結凍的大冰塊。」

皮拉歐抽了抽鼻子，考慮用鰓呼吸。

「那你一定是他的超級好朋友。他看到你的時候，他的眼睛會笑。」

盧考夫握起拳，作勢在空中一揮。

「我們認識的第一天可是狠狠打了一架，哈德蘭當時還揍斷了我的鼻子。」

「為什麼？」皮拉歐瞠大眼，頸邊的鰓輕輕扇動。

他的眼睛裡好似有藍色的流光，讓盧考夫一瞬間恍神。他宛如微醺的酒客般晃了晃腦袋，強裝清醒。

「哈德蘭沒跟你說吧，我們都是出自探險隊訓練營，是同期的訓練生。進入訓練營的第一關就是比戰力，打贏別人就晉級，只要能贏兩場就可以加入訓練營。」

「聽起來不是很難。」

皮拉歐在大海裡總是贏家，比速度，他曾經快過騎魚；比戰力，他打過三條黑鷺鯨；比體力，他能連彈一天一夜的豎琴。不管哪場比賽，他從沒輸過。

「那是剛開始。每一年探險隊訓練營會對外招生，但最後能正式加入探險隊出任務的人，一年不到十個。

「哈德蘭是我們同期訓練生中最早結訓的，也是伊爾達特探險隊有史以來最年輕的成員。」

探險隊訓練營的招募徵選會向來是斯堪地聯邦最熱門的活動之一。招生沒有階級門檻，沒有年齡限制，也沒有額外的開銷，只要成功進入訓練營，聯邦會負擔一切訓練費用。

在訓練課程結束後，訓練營會安排訓練生出任務，以任務表現評分。當屆表現最優異的前幾名將會授與結業證書，成為合法狩獵者，並由各探險隊招募，一同為聯邦服務。

狩獵者每年出任務的積分須達到規定門檻，任務積分以任務難度計算。狩獵者加入的探險隊等級愈高，能接到的任務愈難，積分也愈高，分到的報酬也愈多。

合法狩獵者未達到該年度的積分門檻，便會被吊銷狩獵者的執照，必須加入訓練營重新取得執照才能保有狩獵者的資格。

「有一次我們到斯堪地大草原出任務，大家休息吃午餐的時候，有一個隊員意外脫隊，驚動附近的鮑獅群，害我們被圍攻。」

「鮑獅。」皮拉歐的鰓輕輕扇動，「那是什麼？」

「你沒見過鮑獅吧，鮑獅是斯堪地大草原最凶猛的野生動物，牠奔跑的速度比獵豹還快，動作像禿鷹一樣，看準獵物就會撲上去，用尖銳的利齒咬掉獵物的頭顱。牠們通常是集體行動，所以你如果看見一隻鮑獅，表示其他隻就在附近。」

盧考夫簡單解釋，又繼續說回他的冒險。

「當時我們兵分兩路，我帶著剩下的訓練生往營地跑，艾蕾卡負責將鮑獅群引開，讓哈德蘭有機會偷襲。

「你知道他們兩個默契多好嗎？艾蕾卡被鮑獅撲倒的地方，就在哈德蘭射程範圍的邊緣，哈德蘭埋伏在草叢間，一箭射中領頭的母鮑獅，同時法恩斯甩出了輪懸刀砍下獅頭，那頭母鮑獅的血噴灑一大片草地，剩下的鮑獅就被血驅離了。

「哈德蘭當時很出風頭，他的膽子很大，經常會提議各種探險活動，雖然對訓練生來說有些探險難度頗高，但是他一定會把所有人都平安帶回來。

「那次鮑獅的襲擊是他最後一次訓練生考核，他之後就拿到結業證書，被選進一級探險隊。」

這麼說起來——

盧考夫咬著菸斗，反覆打量皮拉歐，「你跟過去的哈德蘭很像。」

皮拉歐彷彿是年輕版的哈德蘭，渾身帶著一股衝勁和滿腹自信，有能力又有膽識，滿臉都寫著「等著去冒險，讓我一展身手」的大字。

他將視線移向不遠處還在爭吵的男女，彷彿在瞬間又看到了當年剛解決鮑獅危機後，在現場鬥嘴的那兩人，神態輕鬆得活像剛才不過是殺了兩隻雞。

當時，英姿瀟灑的哈德蘭與颯爽俐落的艾蕾卡在訓練營就是公認的一對，誰能想到日後艾蕾卡會嫁給別人？

「你的臉色有點難看。」

盧考夫用下顎往哈德蘭和艾蕾卡的方向一抬，眼光陰鬱深沉地說：「要不是有提姆小子從中攔截，他們兩應該在一起。」

和他們同期的訓練生，哪一個不是哈德蘭的仰慕者？哪一個不是艾蕾卡的愛慕者？輸給哈德蘭他們心甘情願，輸給提姆斯基那是奇恥大辱。

「艾蕾卡不是哈德蘭的弟媳嗎？」皮拉歐聽得有點混亂。

「這就是提姆小子混帳的地方。他不只搶走哈德蘭的爵位，還逼迫艾蕾卡嫁給他，陰險得跟紅頭貓蝙一樣。」

盧考夫咬著菸斗對皮拉歐噴出好大一口氣，菸斗口冒出的煙霧全往皮拉歐飄去。

皮拉歐掩住口鼻，鰓翕動得厲害，菸草的味道過於刺鼻辛辣，他不適地抽了抽鼻子，「先知凱西才不陰險。」

他決定原諒盧考夫敗壞凱西的名譽，艾塔納瓦大長老提過，人類不能理解紅頭貓蝙的智慧。而且比起這個，他更在意另一件事。

「什麼爵位？」

「哈德蘭本來應該要襲爵，老埃德曼公爵……」盧考夫一頓，忽然沒了興致，「算了，你唯一需要知道的事就是，哈德蘭是為了艾蕾卡才搬到那個只比伊爾達特好一點的紐哈達特去住，一住就是好幾年。」

皮拉歐忍著湊近的菸草味，順著盧考夫的視線往那兩人望去。哈德蘭和艾蕾卡一人雙手環胸，一人單手插腰，還在因路線的選擇而爭論得不可開交。

與和他在一起時完全不同，哈德蘭也沒那麼多話。

他再度感到寂寞。

從前有隻陪伴他長大的白海象獅，在他成年後的某一天離家出走了。每當他要出門，遍尋不著白海象獅時，他的心會在那一刻變得空涼涼的，宛如被西邊大陸南下的冰流襲擊，迫使他的活動力下降，像隻無能的七彩水母。

他後來把這種情緒譜成寂寞的旋律，於各族長老仙逝的典禮上彈奏，懷念長老們的英靈。

但現在，寂寞的感覺比往常更強烈。

皮拉歐煩悶地從鰓中噴出一口氣，下意識反駁：「哈德蘭只是住習慣了，不想搬家。」

盧考夫懶得爭辯，「哈德蘭曾經為她擋過黑蟄蠍，黑蟄蠍你知道吧？在黑石土才會出現的惡魔，一碰上就得去掉半條命，準備去見上帝。他胸口那道疤痕就是黑蟄蠍造成的傷口。」

皮拉歐本想說，那又怎麼樣？哈德蘭也曾在他們剛上厄斯里山時擋在他前面，還會在他扯落鱗片時替他處理傷口……

等等！他忽然想到，當艾蕾卡受傷時，哈德蘭是不是也會垂下頭，用舌頭舔去她手臂上的血？她也能看見哈德蘭俯首時微微扇動的睫毛，和落在睫毛上細碎的金色陽光？

那不是他專屬的，只有他能看見的哈德蘭。

僅僅是一瞬間，想要爭鬥的念頭爭先恐後蜂擁而上，洶湧而複雜難辨的情緒化成音符在他的腦海裡跳躍，能量似乎要從五官與頸側的鰓縫蜂擁而出。

他忽然想念起大海，想念起熟悉的藍金豎琴，他想撥動琴弦，將腦子裡的音符化為共鳴，讓海潮隨他的心意流轉。

數次呼吸之後，皮拉歐壓下那些在體內竄動的能量，用鰓噴出很長一口氣，將圍繞在他身前的煙霧全部吹散。

他不要哈德蘭為艾蕾卡療傷，所以艾蕾卡不能受傷。既然如此，他要一進沙漠就跟在艾蕾卡身側，當她的貼身保鑣。

「夫人什麼時候走了？」

說話的男人長相俊美，膚色卻帶著病弱的蒼白。

他捏著手中輕薄的羊皮紙，指尖摩挲著紙張的溫潤觸感，他溫和地將妻子私自外出時不忘留下的道別信捲起，漫不經心地問跪在他身前的女僕。

「夫人昨晚說身體不適，比往日更早就寢，特意囑咐我晚點叫醒她……」艾蕾卡的貼身女僕貝蕾趴伏在地，整個上半身完全貼合在地面，輕輕顫抖，「請爵爺原諒。」

「既然妳沒辦法完成自己的工作，那就永遠不要做了。」

承襲第十三代埃德曼公爵名號的提姆斯基．杜特霍可將道別信妥貼地收在胸前的內袋，「拖下去吧。」

「爵爺，爵爺，請再給我一次機會……」

貝蕾的哀求並未在晴朗的早晨泛起波瀾，提姆斯基用完美的餐桌禮儀切下一塊烘烤得恰到好處的吐司邊角，送入口中咀嚼。

「爵爺。」法恩斯等提姆斯基將注意力轉向他，才謹慎地開口，「艾蕾卡不會喜歡有人為她流血。」

「我只是——」提姆斯基略略停頓，「讓她重新學習服侍的規矩。」

他一彈指，將不論生死的刑罰裝飾成一道輕巧的指令。

那是真正的、打從骨子裡散發的，對下人的輕蔑。

「艾蕾卡不會喜歡有人為她流血。」法恩斯輕聲複述，「您知道，一旦有人見血，她就不會再回來了。」

提姆斯基緩慢放下刀叉，用潔白的餐巾擦拭嘴唇後放下餐巾，他的表情看起來像在微笑，唇角卻沒牽動半分。

「我知道你聽過很多關於我的謠傳，我向你保證那都不是真的。」

他瞇起灰暗冷漠的細長雙眼，鄭重宣布：「你姐姐知道我是什麼樣的人。」

提姆斯基和哈德蘭都承襲了杜特霍可家族男性的好外貌，臉型輪廓神似他們的祖父——第十二代埃德曼公爵，但若細看，提姆斯基和他的堂兄一點也不像。

提姆斯基所擁有的一切，包含灰暗的眼睛、蒼白的皮膚和陰晴不定的性情，與哈德蘭幾乎是兩種極端。

法恩斯不明白艾蕾卡究竟和提姆斯基達成了什麼協議，只是謹遵長姐的意思，代替艾蕾卡待在城堡裡。

他心平氣和地重複道：「艾蕾卡不會喜歡有人為她流血，她知道你會做到。」

提姆斯基碰翻了咖啡杯，咖啡在白色的餐巾上染出一大片汙漬，空氣變得死寂。

「都在做什麼？快幫爵爺收拾。」

巾。

總管伊修達爾喝令彷彿被凍結的下人們，將提姆斯基的食物撤下，更換餐巾。

提姆斯基陰冷的目光如一尾伺機而動的毒蛇，盯著面前的妻舅。

法恩斯不受影響，緩慢地喝了一口咖啡。

咖啡很香，可惜了提姆斯基那一杯。

斯堪地聯邦冒險手記

CHAPTER SIX

第6章

The Tales of Skandia Federal

最終決定探索伊爾達特的路線，並非來自哈德蘭或艾蕾卡的提議。

「我們要找的目標是在黃沙土區對吧。」盧考夫抽完菸，從後方靠近還在爭執的兩人，「斯堪地聯邦也曾派探險隊搜索多次，都沒有找到，這說明沼澤不是在一般探險隊規劃的路線上。」

哈德蘭和艾蕾卡停下爭執，齊齊扭頭看向盧考夫。

「你有什麼建議？」哈德蘭沉聲問。

「如果你要問我的意見，我建議我們像海螺貝殼一樣，以螺旋狀繞著中心點走。」盧考夫慢吞吞地說，「任何地方都不能放過。」

這是個會讓每位一級探險隊員大喊「荒謬！」的建議，這麼做不僅耗時，更有可能迷失在伊爾達特的沙漠中，就連再勇敢的探險隊員都不會輕易嘗試。

哈德蘭默不作聲，盯著羊皮紙地圖陷入沉思。

「哈德蘭，你不是認真在考慮吧！」艾蕾卡嚷道，「這要比我們預計的多上半個月！」

「多一週。」哈德蘭的聲音又沉又重，彷彿剛從海底深處打撈上來，還帶著粗礪的沙。

「怎麼可能只有一週，你的駱駝跑得再快也——」艾蕾卡忽然像隻被掐住脖頸的白天鵝，猛然住嘴。

哈德蘭抬眼看她，「我們需要準備更多糧食和水，所以要把馬車也帶進去。」

「非得這樣做？」艾蕾卡咕噥道，「要是讓提姆知道，他會殺了我。」

「那妳就該好好待在城堡裡，我當初可是向公會申請，要求法恩斯來支援！」哈德蘭忍不住提高音量，「妳不該在這裡。」

「不行。」艾蕾卡斷然拒絕，「你要在伊爾達特待那麼久，沒有我你做不到。」

「嘿，兩位，我還在這，可以等一下再打情罵俏嗎？」盧考夫帶著友善的調侃，慢條斯理地插入隊友的談話。

艾蕾卡怒目而視，「跟你說過多少次，我們不是——」

「好了。」哈德蘭打斷艾蕾卡的否認，「我們就照盧可說的路線走吧。如果妳堅持要跟的話，必須自行解決妳的……問題。」

皮拉歐不確定自己有沒有聽錯，哈德蘭說「問題」的語氣和發音聽起來像在說「丈夫」。

後來的某一天，當皮拉歐和哈德蘭聊起這段往事，哈德蘭同意道：「艾蕾卡的問題就是她挑丈夫的眼光，以致於她的丈夫就是她本人最大的問題。」

以皮拉歐所能理解的斯堪地語，那大概就是哈德蘭體現貴族修養的時候，就連挖苦都非得講究句型結構的對仗。

哈德蘭與艾蕾卡騎駱駝走在前頭，盧考夫負責駕馭新式馬車——現在是駱駝車，而皮拉歐則跟盧考夫一同坐在駕駛座上。

皮拉歐曾提議要騎在艾蕾卡身邊，但被哈德蘭一口拒絕。

「馬車裡有雪晶，你給我待在裡面，我不想出沙漠時帶著一個乾巴巴的漁人。」

「哈德蘭，我不要自己坐在裡面。」皮拉歐固執道，「我不會自己躲在裡面，讓你們在外面保護我。」

這是對他能力的一種低估和羞辱，他是要保護艾蕾卡的人，躲在裡面要怎麼保護艾蕾卡？

「你想被晒成漁人乾嗎？」哈德蘭的聲調降了三個音階。

盧考夫再度出來打圓場，「他可以跟我一起坐在駕駛座，馬車有遮陽棚，應該沒那麼嚴重。等到晚上，再讓皮拉歐領頭。」

夜間趕路也是他們的計畫之一。

要探查整個伊爾達特，他們必須日夜兼程，不能走得太快錯失沼澤，又不能走得太慢拖累行程，於是哈德蘭便與盧考夫商議，白天眾人一同趕路，晚間輪流在馬車裡補眠。

雖然駕駛馬車會減慢眾人在白日探查伊爾達特的速度，但若把夜間探查的路程也算進去，反而會比預期的時間快上一週。

哈德蘭最後妥協在皮拉歐熱誠的目光裡，他警告道：「到時候如果有什麼發現，你一定要立刻叫醒我。」

「那是當然，我絕對不會丟下哈德蘭不管。」皮拉歐信誓旦旦地承諾。他說得認真，那雙藍眼睛似有流光閃過。

哈德蘭深吸一口氣，意志堅定地別開眼，「走吧。」

他們從距離伊爾達特邊緣往內約十哩處開始查探，一行人匆匆繞過最外圍那圈，第二天一早就深入紅礫土區。畢竟愈靠近沙漠邊緣發現沼澤的機率愈低，那裡靠近人類活動的範圍，若有沼澤必定早就被探險隊發現了。

遠端晨起的太陽被滿地紅礫土映得通紅，宛如瀕死的落日拚盡最後一口氣吐出的餘暉。

哈德蘭稍微減慢速度，騎到皮拉歐身側，「你還好吧？」

漁人看起來和平日差不多，只是有些倦容。

皮拉歐還不習慣騎乘馬、駱駝之類的牲畜，即使是坐在馬車前方的駕駛座，他也被那些野生動物的氣味熏得難受，幾次都有嘔吐的欲望，但最後全忍住了。

在沙漠中最常見的症狀是脫水，雖然皮拉歐曾經強調他可以在陸地行動超過一個月，但伊爾達特是連人類都無法抵禦的高熱氣候，對漁人而言一定更難適應。

皮拉歐搖搖頭，他咬緊牙關，像是一張嘴說話就要嘔吐。哈德蘭看不過去，正打算把皮拉歐塞進馬車裡，身後忽然傳來一道劃破空氣的聲響。

哈德蘭回過身，一隻紅蜥蜴的右側翅膀尾端被一把銳利的小刀射穿，小刀斜斜地插入紅礫土中，刀柄尾端鑲著的小巧紅寶石一點晃動的跡象都沒有。出神入化的準頭與巧勁。

「謝了。」哈德蘭向艾蕾卡頷首，又對皮拉歐道，「你去裡面休息，晚間起來再跟我們趕路，你的堅持只會拖累我們。」

他話說得很重，皮拉歐帶著困倦的臉頓時有些扭曲，看得出想辯駁又極力忍耐的樣子。

哈德蘭忽然想到他小時候曾經和祖父身邊的那隻大型雪色獒玩耍，那時他會爬到雪色獒的脖子上揪扯牠的毛，把大廳地毯弄得滿地都是獒毛。當祖父斥喝無辜的雪色獒時，雪色獒的表情大概就像皮拉歐這樣。

哈德蘭放軟口氣，「這本來就不是漁人熟悉的氣候，你無法抗拒天性和體質，不代表你輸了或什麼。你如果沒有精力，那誰來幫我們探測沼澤的方位？」

他撫慰的口吻顯然相當有效，皮拉歐帶著鬥志滿滿的表情往馬車裡鑽。

「我只是休息一小段時間！有什麼事你一定要叫我。」

盧考夫向哈德蘭投來讚賞的眼光，還未說話，皮拉歐卻突然從馬車的簾幕裡探出頭。

「哈德蘭，晚上就靠我吧，我會帶你們找到沼澤的。」

「是是是。」哈德蘭嘴上敷衍，卻忍不住咧開嘴角。

和皮拉歐這幾日的朝夕相處，讓他摸熟了漁人的脾性。皮拉歐生性單純，只要順著漁人的思路走，就變得很好哄。

哈德蘭安頓好漁人，騎著駱駝與艾蕾卡並肩，艾蕾卡單手拋接著小刀。

「喲，漁人保姆回崗位了。」不等哈德蘭回話，艾蕾卡接著道，「如果法恩斯在這裡，那隻紅蜥蜴早就傷了你一隻手臂。」

她滿不在乎的口氣帶著自信，「早跟你說過，你會需要我。」

哈德蘭沒回話。艾蕾卡確實是這趟旅行最合適的伙伴人選之一，他只是不想剛生育完的艾蕾卡太過勞累而發生意外，才拒絕她跟隊。

「明天中午就會到黃沙土區。」他往遠處眺望。

艾蕾卡順著他的視線望去，「你覺得真的有嗎？藍玫瑰和沼澤？我還以為你不會相信這種事。」

哈德蘭不置可否，「大家也說，被黑螯蠍刺到的人不可能活下來。」

「這不能相提並論，黑螯蠍不是傳說，而且你那次也活下來了。」說起這個話題，艾蕾卡有些不自在。

他們都知道當初哈德蘭是為了誰受傷，之後又發生了什麼事。雖然哈德蘭表示不在意，但彼此都知道他們不可能再回到從前那樣親密無間、無話不談。

宛如銅牆鐵壁的黃金搭檔，只能在記憶裡發光。

「醫官說我身體的癒合速度很驚人，你怎麼看？」哈德蘭瞥向艾蕾卡。

「你是一級探險隊隊員，身體素質當然跟一般人不一樣。」艾蕾卡瞇起眼，「這跟那有什麼關係？」

她對上哈德蘭的目光，多年的默契讓她瞬間讀懂哈德蘭的眼神，她的心跳加快，腦中忽然冒出一個大膽的猜想。

沉。

「不可能。」她輕聲說，「我們當時沒發現沼澤，有的話我一定會看到。」

「不是那一次。」哈德蘭的聲音像泛著潮意，帶著厚重的雨層，又溼又冷又沉。

「不是那次？」艾蕾卡輕聲驚呼，立刻收穫哈德蘭警告性的一瞥。

她看向駕車的盧考夫，盧考夫嘴裡咬著菸斗朝她咧嘴笑，似乎是樂見他們和平相處，沒察覺她的異樣。

「是什麼時候發生的？你搬到紐哈達特之後，就沒有進伊爾達特的任務，所以不可能是在那之後，那就是在那之前。」艾蕾卡自問自答，「是你剛被選進一級探險隊的那次嗎？還是亨利克伯伯被——」

她話語一停，急促的聲調緩和下來，她從哈德蘭的臉色看出答案。

「就是那個時候，對嗎？」

「嗯。」哈德蘭的眼裡浮起一層痛意，「沒錯。」

他的語氣如獵刀般冷硬而銳利。

「哈德蘭……」艾蕾卡擔憂地看著往日的伙伴，她曾聽聞亨利克．杜特霍可是為了替妻子摘取開在大峽谷邊緣的長春花，才在橫越伊爾達特的歸途中過世。

當年她與法恩斯、盧考夫去祭奠時，哈德蘭並未與他們多說，只是沉默地與老杜特霍可公爵一同謝客。

再後來她陪哈德蘭走過母殤，與他推心置腹。哈德蘭在伊爾達特替她擋下了黑蟄蠍，危在旦夕，她心急如焚，而提姆斯基在那一刻出現了。

她反射性地摸著小刀上鑲嵌的紅寶石，這把削鐵如泥的小刀是提姆斯基送她的新婚之禮，在新婚當晚交到她手上。

那時她沒想過有一天，她會隨身攜帶靠它保命。

哈德蘭忽然抬手向她射出卡托納小刀，她動也不動，感覺小刀直直貼著她的右臉頰擦過。

在艾蕾卡身後，紅蜥蜴發出一聲尖銳的嚎叫，聲音淒厲。她回頭去看，哈德蘭的小刀將試圖偷襲的紅蜥蜴從中心處一刀貫穿。

哈德蘭抬頭瞪視尚在天空盤旋的紅蜥蜴群，牠們似乎察覺哈德蘭的狠戾，只得放棄眼前的獵物，暫且飛往別處。

紅蜥蜴是相當狡猾的物種，牠們會遠遠觀望進入沙漠的旅人，並趁其不備偷襲。

牠的牙齒相當銳利，翅膀也相當有力，人類一旦被咬住胳膊，就能連皮帶骨一口扯下整隻手臂。而其他紅蜥蜴則會見縫插針趁隙攻擊受傷的旅人，將獵物分食乾淨，牠們向來是「紅礫土區的清道夫」。

哈德蘭沉沉吐出一口氣。

「走吧。」

他們在太陽沒入地平線之前找好休憩的位置，哈德蘭在沙漠中搭起簡易的帳篷，盧考夫負責餵食駱駝，艾蕾卡著手準備乾糧。

皮拉歐跳下馬車，跑到哈德蘭身邊，他看起來精神奕奕。

「哈德蘭，我準備好了。」

「那就來幫忙吧。」

哈德蘭指揮皮拉歐用幾根支架搭起三座帳篷，皮拉歐一搭完帳篷立刻跑到艾蕾卡身側，卻被營火逼得退後三步，又被盧考夫身旁的駱駝熏得連連翕動魚鰓。他環顧四周，發現進退不得，只能安分地坐在哈德蘭身側，啃著探險隊公會準備的醃製魚乾。

艾蕾卡將白日殺死的兩隻紅蜥蜴架在營火上烤，陣陣的焦香味飄散開來。皮拉歐雖然忌諱營火，但已逐漸習慣火烤熟食的氣味，那比牲畜特有的騷味容易忍受。

他啃著不怎麼可口的醃製魚乾打量四周，伊爾達特一望無際，除了營火周圍，再往外全是一片黑暗。

他提高警戒肌肉繃緊，特有的直覺告訴他，在看不到的深處處處潛伏野獸，正窺伺著他們。

「哈德蘭，有東西在看我們。」他低聲警告。

「我們是外來者，這裡的居民想知道我們在做什麼。」

哈德蘭接過艾蕾卡隔著營火拋過來的紅蜥蜴翅膀，他用小刀刮去烤得焦黑的表皮，一口咬下，翅膀肉香嫩多汁，被咬下的缺口還泛著油光。

「紅蜥蜴的翅膀肉最好吃了。」他感嘆道。

皮拉歐吞下醃製魚乾，觀察哈德蘭的進食，暗自在心裡記錄。哈德蘭果然還是喜歡吃烤的。

哈德蘭三兩下將兩支翅膀吃乾淨，末了他將吃剩的骨頭往遠處一扔，帶著肉渣的骨頭在空中劃出一道完美的拋物線，落進黑暗裡。

皮拉歐聽見從遠方傳來細微的摩擦聲與爭搶撕咬的聲音，數秒後又歸於寧靜。

那種被窺伺的感受更強烈了。

皮拉歐提高警戒，聽見細碎的聲響逐漸靠近，身下的紅礫土隱隱震動，他警告道：「哈德蘭。」

電光石火間，某種東西從暗處一躍而起，迎面而來。

哈德蘭以極快的手勢一揮一抓，將獵物抓到營火前。皮拉歐定睛一看，哈德蘭手中握著一尾通體全紅、頭成尖角的長蛇，牠張嘴吐信，鮮紅分岔的舌尖從獠牙之間竄出，在火光下看來分外邪惡。

哈德蘭抓住紅蛇的位置巧妙，既制住牠的行動，又不讓牠的尖牙刺穿自己的手腕。

「今晚加菜。」哈德蘭一甩手，將那尾紅蛇扔進營火堆。紅蛇猙獰地在火中扭動著火的身軀，彷彿那些火焰全成了紅蛇的羽翼，煽動著焰流。

另一種味道更濃厚的燒焦味瀰漫在空氣中，皮拉歐連連扇動魚鰓。

哈德蘭用一根細長的棍子將烤得焦黑的紅蛇挑出來，再用小刀在紅蛇的腹部中央輕輕劃出一道開口，以某種手法俐落地將紅蛇的表層皮膚連同鱗片祛除乾淨。

皮拉歐不禁用手摸了摸自己手臂上的鱗片。他的鱗片還在，沒事。

「這是紅腹蛇，紅礫土區最毒的蛇，人類一旦被咬到，七秒內就會毒發身亡。紅腹蛇之毒是伊爾達特旅行者的十大死因前三名。」

哈德蘭瞧見皮拉歐摸著自己的鱗片，補充道，「你的鱗片很堅固，不需要擔心牠。」

皮拉歐望向不遠處，那裡散落著焦黑捲曲的蛇皮與碎裂一地的鱗片，他突然有點同情那條紅腹蛇。

「牠一定很後悔攻擊你。」

「這是弱肉強食的世界。」哈德蘭往旁側過臉，示意皮拉歐關心旅伴的伙食。

皮拉歐順著哈德蘭的目光望去，盧考夫正愜意地抽著他的菸斗，他的周圍多了不少被剝成兩半的深紅色昆蟲硬殼。

艾蕾卡的手上拿著缺了頭的未知生物，她將一根硬蘆葦管插進生物的軀體裡，張嘴咬著硬蘆葦管，開始吸取生物的體液。

「紅礫土區有許多豐富的物種，這些物種通常帶有很強的毒性，但牠們的肉質營養價值極高。只要在吃的時候小心避開毒囊，就是一種補品。」哈德蘭打了一個飽嗝，「乾糧是為了黃沙土區準備的，沒有太多物種生存在黃沙土區。」

四人飽餐一頓後，哈德蘭與皮拉歐負責守前半夜，盧考夫與艾蕾卡分別鑽進個人帳篷小睡片刻。他們四人將於後半夜趕路，並輪流在馬車補眠。

上弦月斜斜地掛在遙遠的夜空中，向下俯瞰。

哈德蘭用長棍撥弄著兩座帳篷中央的營火，火光在他的臉上搖曳。他深邃的眼窩與瘦長的鼻梁側都映著深深淺淺的陰影，緊抿的薄唇下方也映著弧形淺影，整張臉比平日看來更加立體，如斧鑿雕琢般處處透著鋒利。

皮拉歐對人類的容貌並無偏好，但上岸之後學習到不少人類社會的常識。在他見過的人類之中，哈德蘭的五官無疑是英俊的，屬於成熟而硬朗的那一種英俊，尤其在哈德蘭刮去初見時蓄著的大把落腮鬍後，那種英俊更加出眾，引人注目。

眼角的一小撮紅光突然吸引了他的注意。

皮拉歐偏過頭去，在離帳篷不遠處，不知何時冒出一朵發著微弱紅光的小花。那似乎是哈德蘭方才扔骨頭的地方。

「哈德蘭，那是什麼？」皮拉歐悄聲問。

「那是紅梨燈花，以紅enscriptions的排泄物為養分。剛才我往那裡扔了吃剩的紅蜥蜴殘渣，那些帶骨的殘渣正是被紅enscriptions吃了。

「吃飽的紅enscriptions會就地排泄，如果牠之前誤食過紅梨燈花的種子，那牠的排泄物就會成為紅梨燈花的養分，讓紅梨燈花就地開花。」

哈德蘭湊近皮拉歐輕聲解釋，「紅梨燈花會在晚間發光，紅砂土區的夜行生物大多數對光敏感，通常會避免接近光源，紅梨燈花的光能驅除那些夜行生物。」

皮拉歐凝望著那朵兀自發光的紅梨燈花，它的花苞宛如鈴鐺般有著完美的圓弧形，花蕊透過紅色的花苞散出微光，彷彿有誰憑空提著精緻小巧的紅燈籠，照亮一方紅礫土。

紅土與紅花，自成一個小世界。

「它看起來很漂亮。」皮拉歐嘆道。

「它確實很漂亮。」哈德蘭微笑道，「紅梨燈花不會只開一朵，我們再等等看。」

如同哈德蘭所說，在第一朵紅梨燈花不遠處，緩慢綻放第二朵紅梨燈花，皮拉歐下意識屏氣凝神，放輕吐息。

照理而言，聲音不會干擾植物的生長，但他似乎能聽見紅梨燈花盛開時的生命躍動。

空靈的音符在紅梨燈花的根莖上輕盈地跳躍，躍至空中落在他的手心，在他的手臂上翩然起舞。

一朵，兩朵，三朵，無數朵。

紅梨燈花在他們面前開出一道蜿蜒的迴廊，四周細碎的摩擦聲響全都消逝，黑夜之中浮出一條由紅梨燈花組成的燈河。河水潺潺燈火搖曳，風聲徐徐夜色靜默。

色調豔麗，景緻卻單純。

紅礫土看起來不再帶著壓抑與不祥的預兆，反倒宛如精心栽培紅梨燈花的大地之母。

皮拉歐向來喜歡熱鬧與對話，卻捨不得打破此刻的寧靜。

他們坐在危機四伏的死亡沙漠之中並肩遠眺，連一句言語都顯得多餘。

良久，哈德蘭輕聲說：「伊爾達特號稱死亡沙漠，但那只是人類這麼叫罷了。」

這些生活在這片沙漠裡的物種，不過是用牠們的本能狩獵、抵禦天敵，這是弱肉強食的世界，是物競天擇的世界。

例如紅梨燈花，它的光源能嚇退習慣黑暗的夜行動物，卻對人類無害。紅梨燈花的生命力極強，不只是紅羶，就連會攻擊旅行者的紅蜥蜴，也會帶著紅梨燈花的種子傳播。

食物鍊的組成層層疊疊交錯，複雜又迷人，而人類只是組成龐大食物鍊的一小部分，兀自用自己狹窄的視角試圖以管窺天。

「我愈是探險，愈敬畏自然。」哈德蘭雙手向後撐在地上，仰望星空。

從厄斯里山到進入伊爾達特的這幾日，他一直處於某種精神緊繃的狀態。一方面是擔憂皮拉歐對環境不熟悉而送命，另一方面，皮拉歐急著找到藍玫瑰也帶來無形的精神壓力。

今晚與皮拉歐一同守夜，似乎引起他傾訴的欲望。也許是漁人對於人類世界懵懂無知，需要他的介紹；也許是皮拉歐總是樂於傾聽，讓他不由自主地說得更多。

又或許僅僅是景色太美，他確實鬆懈了戒備，哈德蘭向後躺在紅礫土上，躺在漁人身側，整片夜空映入眼簾。

「好久沒有看星星了。」他輕聲道。

他上一次觀星時，還沒進探險隊公會的訓練營。

他的父親亨利克當時已經是赫赫有名的合法狩獵者，同時也是一級探險隊員，熱愛深入危險的山林，體驗極限與刺激。祖父總是帶著驕傲又複雜的語氣說，亨利克的身體裡流著冒險犯難的血液。

父親總是不守規矩，經常在未取得許可的情況下深入探險隊公會明令的禁地。

亨利克最常掛在嘴邊的一句話就是，「哈德蘭，總有一天我會進伊爾達特探險，揭開它神祕的面紗。」

後來亨利克真的成功了，還不只一次。

世人只知道哈德蘭是第一批從伊爾達特生還的探險隊員之一，宣稱他是最年輕最勇猛的探險隊員，卻不知他的父親早已多次暗中進出伊爾達特，和他分享如何面對裡頭凶猛的野生動物。

亨利克終其一生都致力於研究伊爾達特的物種，伊爾達特帶給他許多成就和樂趣，卻同樣也是伊爾達特吞噬了他的生命。

死亡沙漠有它的自然法則，若觸犯，當以命償。

別痴心妄想在它的地盤撒野時，還打算全身而退。

世人以為它凶惡萬分，以「死亡」之名稱呼它，那不過是掩蓋人類對自然不夠崇敬的責罰。

斯堪地聯邦冒險手記

CHAPTER SEVEN

第7章

The Tales of Skandia Federal

斯堪地聯邦首都．賽提斯，探險隊公會總事務官辦公室。

男人五指併攏斜靠在額前，「報告總事務官，我在厄斯里山山腳下，找到一件插滿箭矢的斗篷，也在另一側山路看到麟花蜜和黑熊屍體。基里部落的長老否認所有危及漁人的指控，目前沒有任何證據顯示這是基里部落幹的。」

恩爾菲斯特停下筆，抬眼直視特別行動騎士隊隊長馬拉利．孫其。

「繼續。」

「從基里部落到漁人上岸處沿途的村落，我們皆已封鎖所有與漁人相關的消息。各村落都明白探險隊公會的警告，也包括基里部落，我們還收繳一把據說能傷害漁人的匕首。」

馬拉利抿了抿唇，「事後我們遭到不明人士攻擊，我從其中一個刺客身上扯下他的項鍊。」

他將那條項鍊呈上，項鍊是普通的細繩，鍊墜則是一枚小巧的圓形硬幣。硬幣上刻印著鮑獅的側臉，圖樣的周圍還圍繞著一圈縱橫交錯的鈴蘭花。

依據恩爾菲斯特的記憶，現存家邸足以飼養家臣與家兵的貴族中，沒有和硬幣的圖樣完全相同的家徽。但在眾貴族中，確實有一個使用鮑獅作為家徽的家族。

馬拉利與恩爾菲斯特在沉重的寂靜之中四目相對，馬拉利忽然單膝下跪。

「我擅自調閱基里部落過去兩個月的黃眼鴞記錄，請總事務官寬恕。」

在斯堪地聯邦，每一個登記在案的部落都暗中存在一隻黃眼鴞。

黃眼鴞別稱「記錄鳥」，牠的單眼被探險隊公會改造，能實時記錄部落動靜，所有記錄由探險隊公會統一管理。

黃眼鴞的存在僅有少數人知道，所有的記錄皆直接封存於檔案庫，探險隊公會也只在情勢特殊時調閱。調閱者僅限探險隊公會會長、現任總事務官與各騎士隊隊長，調閱記錄皆須呈報總事務官。

過去探險隊公會有兩次大規模的調閱行動，一次是二十年前，另一次則是一百年前，兩次都是為了追蹤特殊物種所引發的後續效應。

恩爾菲斯特倏地站起身，「站起來繼續說，你查到了什麼？」

馬拉利擔任特別行動騎士隊隊長已有七年資歷，膽大而心細，向來懂分寸，若非事態重大，不會未經呈報即調閱黃眼鴞記錄。

「這段期間有一隻漁人進入基里部落，但很快就離開了，其餘時間主要都是基里部落族人進出部落，除了貝索里尼總管以外。」

恩爾菲斯特凝視騎士隊隊長的模樣彷彿被凍結了，空氣宛如下著冰雪暴的厄斯里山頂般寒冷。

貝索里尼總管聽命於米夏蘭斯基公爵，後者將於三個月後，從柯法納索瓦公爵手中接任成為下一任「摩金」。

巧合的是，米夏蘭斯基公爵的家徽正是鮑獅。

「總事務官，會長那邊的意思是？我們需要上報嗎？」馬拉利猶豫數秒，試探性地問。

事情比預想的還要棘手。

探險隊公會接受所有貴族的委託，在斯堪地聯邦的地位超然獨立。若有貴族因損及利益而攻擊探險隊公會，探險隊公會將上報斯堪地聯邦揭露該貴族的罪刑，讓聯邦成員決定如何對該貴族進行制裁。

但這一任的探險隊公會會長羅賓，是米夏蘭斯基公爵的親弟弟。而所有騎士隊隊長提交的報告，都需要經由會長審核。

斯堪地聯邦首都．賽提斯，摩羅斯科大廳。

他先是看到翅膀上濃密的羽毛，才看到尖銳的尾刺，與一節節堅硬甲殼的蠍尾。

提姆斯基童年時，曾花費大量時間窩在埃德曼莊園的巨大圖書室裡，那使他比一般孩童更早認識這隻傳說中的神獸「蠍獅」。

有一派學者認為，蠍獅是祭師摩羅斯科的坐騎。在斯堪地大陸，經常能看到蠍獅與摩羅斯科的雕像一同坐落在各地的聖堂中。

這座以古老祭師為名的大廳，有著挑高的拱型天花，是斯堪地大陸最大的聖堂。它的歷史相當悠久，作為斯堪地聯邦各貴族的與會場地，它見證斯堪地聯邦的成立，也見證第一任摩金的誕生。

摩羅斯科大廳的牆面繪有壁畫，壁畫鑲嵌著彩色玻璃，描繪出遠古的傳說。

那是在斯堪地大陸廣為流傳的信仰起源——

距今約三千多年前，無盡深淵出現裂縫，掉出一隻凶惡的大型魔狼芬里爾，落在斯堪地大陸上。飢餓的芬里爾張開嘴，將巨大的上下顎頂住天地，一口吞噬無數人民。

當時的大祭師索菲亞運用法力，在人類的聚落外建立大型防護罩，保護人類抵禦芬里爾的攻擊。防護罩內的人類聚落互相聯盟，形成斯堪地聯邦最早的雛形。

幾百年後，人類聚落愈來愈大，索菲亞逐漸年邁，他的法力已不足以保護所有的人類。索菲亞憂心忡忡，翻閱古老的典籍查閱，從古籍中召喚聖靈，以魂魄與聖靈締結共生誓約，共享法力與生命。

出乎意料的是，索菲亞的靈魂早已因長年消耗法力而過於虛弱，共生誓約察覺兩方的靈魂質量不同，而向聖靈傾斜。聖靈孳生出野心，藉由吞噬索菲亞的靈魂壯大自己，於是索菲亞逐漸失去法力，再也無法抵抗聖靈，最終被聖靈完全吞噬。

當時長年跟隨在索菲亞身旁的年輕祭師摩羅斯科，為了與聖靈抗衡，以生命為代價，在自然生靈的幫助下製造出三件神器，並利用三神器成功封印聖靈，將魔狼芬里爾趕回無盡深淵。

摩羅斯科死後，三神器散落各地，替摩羅斯科守護斯堪地大陸。

時至今日，斯堪地大陸處處可見供奉摩羅斯科的聖堂，人民虔誠地供奉祂，祈求祂的守護，使眾生得以遠離一切災厄與病痛。

「爵爺。」

伊修達爾總管立在他身後一步，「時間到了，我們該進去了。」

提姆斯基向來不認為這種淪為制式的貴族例行聚會需要準時抵達，但他對這位自小看著自己長大的老總管多少有些情分。

「走吧。」

提姆斯基走進後廳，長桌的一端坐著現任摩金——柯法納索瓦公爵。年邁的男人向提姆斯基露出溫和的微笑，額頭的三道皺紋宛若賽提斯城外的哈蘭河，以護城之姿守護著首都。

提姆斯基按禮節將手橫在胸前，向年長者微微點頭致意。

柯法納索瓦公爵的年紀偶爾會讓他在片刻之間想起自己的祖父，他隨即微扯唇角，深知祖父絕不會認同這種劣等而荒謬的類比。

他的祖父向來不會對他笑得如此溫和，那是哈德蘭才有的待遇。

長桌的另一端坐著米夏蘭斯基公爵，男人用那雙冰冷不帶任何情緒的灰瞳掃了提姆斯基一眼，提姆斯基也對米夏蘭斯基公爵點頭致意。

提姆斯基和米夏蘭斯基公爵的弟弟羅賓有幾分淺薄的交情，但對年長的米夏蘭斯基公爵認識不深。照羅賓的描述，他們兩兄弟的個性截然不同，他的兄長是個心計頗深的狠角色，最好不要輕易招惹。

長桌兩端坐著現任與下任摩金，提姆斯基權衡後，選了與兩人座位都有段距離的位置就座。他的視線掃過兩位公爵前方空蕩的桌面與他們身後的總管，帶著隱微的惡意道：「伊修達爾，我的茶。」

伊修達爾向另外兩位公爵微微行了禮，退出後廳。不久他端著一壺熱茶放到提姆斯基桌前，替提姆斯基倒出一杯，濃厚的茉莉香氣在沉滯的氣氛之中飄散開來。

提姆斯基終於覺得這場例行會議可以靠這壺茶熬過去。

貴族陸續抵達，柯法納索瓦公爵以現任摩金的身分，宣布例行會議開始。

「非常感謝諸位閣下前來參與例行會議，這次會議是通知諸位一個壞消息。」

提姆斯基喝茶的動作一頓。

柯法納索瓦公爵讓肯尼斯總管呈上一個黃金打造而成的寶箱，寶箱外鑲嵌著各種不同顏色的寶石，其中以最名貴的藍寶石數量最多。

柯法納索瓦公爵拿出一把由摩金代為保管的金鑰匙，在所有貴族面前打開黃金寶箱，小心翼翼地拿出一盞小巧的金黃色酒杯。酒杯周身微微泛著金光，比黃金寶箱更加亮眼奪目。

這是傳說中長年守護斯堪地大陸的三神器之一，黃金盞。

柯法納索瓦公爵捧著黃金盞，放到長桌上。他嘆息道：「諸位請看。」

他拿取備好的金塊放進黃金盞裡，填滿黃金盞，黃金盞閃爍著微微金光，漸漸地，盞內的金塊化成一杯半滿的葡萄酒，酒香四溢。

柯法納索瓦公爵舉起黃金盞，向貴族們展示。

「以前只需要放進約半杯的金塊，黃金盞很快就能轉化出一杯酒，現在轉化的時間變長，轉化使用的金塊量也變多，這說明黃金盞的神力正在衰褪。」

他喝下黃金盞內的半杯葡萄酒，感覺精神一振，年老衰敗的身體變得輕盈，連他有氣無力的心臟都願意再努力工作一陣子。

隨後柯法納索瓦公爵將黃金盞經順時鐘傳遞，讓每人自行在黃金盞內投入金塊，並喝下葡萄酒。

黃金盞傳到米夏蘭斯基公爵手中。米夏蘭斯基公爵捏起黃金盞的杯腳轉了一圈，眉頭微皺，向後一望，貝索里尼總管隨即上前，俯身聆聽他的吩咐後躬身退出。

「切爾西，有什麼問題嗎？」柯法納索瓦公爵溫和地問。

米夏蘭斯基公爵不答，不久貝索里尼總管遞上一副單邊眼鏡。米夏蘭斯基公爵戴上眼鏡，細細觀察手中的黃金盞，隨後他取下單邊眼鏡。

「我認為，黃金盞的神力既然已經衰退，我們應當取消例行會議的飲酒活動，避免繼續耗損黃金盞。」米夏蘭斯基公爵慢條斯理地放下黃金盞，「若是讓人民知道黃金盞失去神力，無法在必要時刻替斯堪地聯邦建立防護罩，必然會引起恐慌。」

提姆斯基喝了一口茶，對這番宣言靜觀其變。

「這不正是斯堪地聯邦組成的目的？我們多年來飼養家兵，替人民守護斯堪地大陸，我認為貴族們應當取得合理的報酬。」

年紀與柯法納索瓦公爵相當的英格蘭侯爵，輕柔地反駁米夏蘭斯基公爵的提議。

「何況斯堪地聯邦列冊的士兵有數千萬人，我不認為周圍有部落能與斯堪地聯邦抗衡。」

「我同意英格蘭侯爵。」

莫索里男爵的聲音帶著老年特有的混濁沙啞，「貴族的健康對斯堪地聯邦的穩定至關重要。另一方面，黃金盞並非能治癒重大傷病，僅僅是提振精神，以我個人的意見，我不認為這會對黃金盞造成過大的神力損耗。」

提姆斯基掃過長桌上的貴族，大多數貴族都很年邁，自然看中黃金盞所能帶來的微小助益。

「埃德曼公爵，你的看法呢？」米夏蘭斯基公爵冷不防地問。

提姆斯基抬眼，正對上諾埃克森公爵嘲弄的眼神，他妻子的長兄向來對他毫無好感。

他頓時打消不表態的主意，決意站在諾埃克森公爵的對立面。

「我同意英格蘭侯爵。飼養家臣是貴族的義務，貴族自然也有權利享用黃金盞帶來的好處。」

「提姆斯基，我對你能否盡到貴族義務感到憂心。」諾埃克森公爵冷冷嘲諷，「顯然年紀不是你的優勢。」

「拉欽。」米夏蘭斯基公爵瞪了諾埃克森公爵一眼，一句不冷不熱的警告恰巧干預提姆斯基的反諷。

「我無意評斷貴族的利益與權利，但諸位必須思考，若黃金盞失去效力，我們應當要有備案。」

提姆斯基精神一振，顯然米夏蘭斯基公爵方才的表演只是為了這一刻。

「我提議尋找其他的神器，取代黃金盞。」

這句力道磅礡的建議更像一句宣言，柯法納索瓦公爵滿面驚愕。

「但是切爾西，我們甚至不知道另外兩件神器是什麼。」

「也不知道它們在哪裡。」英格蘭侯爵接話。

「更不知道它們的效用。」莫索里男爵沉沉地反駁。

「若是黃金盞神力耗盡的那一天到來，諸位打算怎麼辦？」米夏蘭斯基公爵輕柔地反問，語氣宛如最高級的伍思喀羊毛毯般柔軟。

沉默在例行會議中並不罕見，但此次的沉默不同以往。

過了許久，柯法納索瓦公爵開口緩頰。

「我認為黃金盞既然能將黃金轉化為酒，黃金對黃金盞必然有所助益。我建議大量收購黃金，對黃金盞進行修復。」

這句毫無價值的建議竟能引起貴族們的贊同，提姆斯基看向米夏蘭斯基公爵，在男人的灰眸裡看見一片冰冷。

夜晚的伊爾達特比皮拉歐所能想像的更美，紅梨燈花開出一條宛如夕陽般橘紅的光河，光河蜿蜒著流淌到他們的腳邊。

哈德蘭側躺著，單手支頤，微風徐徐吹過他的棕色襯衫，坦露出精實的胸腹肌理。

從皮拉歐的角度看過去，正好能從哈德蘭敞開的胸口看見隱約的突起。那處小小的，又尖又挺，被橘紅柔光映照，像公主海葵最細嫩敏感的觸鬚。

皮拉歐嚥下唾液，淺粉色的公主海葵看似柔軟實則尖挺，他每次都忍不住心癢，想將手掌探進公主海葵的中心，以指腹揉撫海葵的觸鬚頂端，感覺整株公主海葵在他的掌心下完全攤開，任他擺弄。

某種念頭一閃而過。

哈德蘭是最勇猛健壯的勇士，胸前卻長著兩株粉粉軟軟的小東西。皮拉歐當然知道那是人類的身體構造，也不是沒見過人類赤裸的身軀，但唯獨長在哈德蘭身上的乳首，讓他生平第一次萌生想輕輕揉撫的奇異念頭。

據說撫摸那裡，人類會感受到生理性的愉悅，更甚者會落淚、會顫抖、會喪失理智。情欲向來離皮拉歐很遠，但在冷風拂開哈德蘭襯衫的那一刻，陌生的情潮忽然有了清晰的輪廓。

身體體溫似乎在一瞬間升高，皮拉歐狼狽地別開視線，只感覺腦袋裡彷彿生出一股漩渦，將所有的思緒與情緒全攪在一起，無從思考。

他偏頭的動靜太大，哈德蘭警覺地握緊小刀站起身，往皮拉歐偏頭的方向看去。

「怎麼了？那裡有東西嗎？」

哈德蘭凝神細聽，「是紅羶或紅斑豹，沒事。」

他重新坐下，卻看見一張眉心深皺滿布苦惱的臉。他稍一思索，認為皮拉歐在為藍玫瑰煩心，便出聲安慰：「你要耐心一點，為了取得藍玫瑰，這些等待都是必須的。」

皮拉歐望向耐住性子安慰自己的狩獵者，隨口問：「哈德蘭，你討厭你的堂弟嗎？」

「討厭他？」哈德蘭嗤笑一聲，「那是小孩子才有的情緒。我們不『討厭』

誰，我們只『痛恨』誰。沒有達到『痛恨』的門檻之前，所有的情緒都無關緊要。」

「那你喜歡艾蕾卡嗎？」皮拉歐終於找到機會，問出他進沙漠以來最想問的問題。

「為什麼不？」哈德蘭反問道，「她比她丈夫順眼多了。」

這個答案讓皮拉歐的心情感到莫名低落，「如果她受傷的話，你也會舔她嗎？」

哈德蘭的表情有一瞬間扭曲，像是吃到最難吃的魚。

「當然不會。」

「噢。」皮拉歐咧開嘴角，心情忽然大好。

不管怎麼比，會舔他的哈德蘭，一定比喜歡艾蕾卡更喜歡他。

他們在上弦月移動至沙異星上方時啟程。

艾蕾卡與盧考夫分別於駱駝脖頸綁上夜光石，藉著微弱的亮光前進，皮拉歐坐在馬車駕駛座四處張望，但並未感應到任何藍玫瑰的跡象。

行走一段路後，天色更亮，艾蕾卡忽地慢下速度，盧考夫也拉緊韁繩。皮拉歐在經歷一陣顛簸後，看見他們不得不停下旅程的原因──

一隻巨大的紅斑豹站在他們前方，牠的嘴角露出兩支極長的獠牙，一雙赤紅的雙眼瞪視著他們。

艾蕾卡握緊手中的小刀，盧考夫握著韁繩，低聲吩咐皮拉歐：「去拿哈德蘭的弓箭。」

皮拉歐半身探進馬車裡，一眼看見擺在哈德蘭身側的弓與箭筒，他剛伸手去碰，哈德蘭倏地睜開眼睛。

「什麼事？」

「外面有一隻長著斑點和大獠牙的紅豹。」

哈德蘭握住弓箭，「我跟你出去。」

馬車外那頭紅斑豹緩慢靠近，艾蕾卡橫過駱駝，側身擋在馬車之前，居高臨下地瞪視紅斑豹。她反手握著小刀，左手拉起韁繩，駱駝的兩隻前蹄微微抬高，蓄勢待發。

「別動！」哈德蘭用氣音喝道。

艾蕾卡及時握住幾欲脫手的小刀，左手拉緊韁繩與駱駝原地轉圈，卸去衝勁。

哈德蘭旋即跳下馬車，孤身往紅斑豹走去。紅斑豹停下腳步，左前肢刨地，赤紅的雙眼睜得更大，低低的咆哮從兩側獠牙間洩出。

「哈德蘭！」艾蕾卡與盧考夫同時叫道。

皮拉歐早已下了馬車，瞪視眼前的紅斑豹。他的目光專注，雙眼在青白的天色下甚至映出微微藍光。

哈德蘭最終停在距紅斑豹約兩步遠處，那是紅斑豹只要一次跳躍就能咬斷他脖子的距離。

哈德蘭眼也不眨，直盯著紅斑豹，紅斑豹不再出聲，赤紅的雙眼裡帶著一絲估量。豔陽下，他們宛如兩頭猛獸互相對峙，找尋最精巧的時機，打算將對方一擊致命。

出乎眾人意料的是，哈德蘭驀地半蹲下身，與紅斑豹平視，他的脖頸懸在紅斑豹正前方，皮拉歐繃緊神經往前一跨，哈德蘭舉臂一揮做出阻擋的手勢，皮拉歐霎時僵住腳步。

哈德蘭緩緩朝紅斑豹靠近，伸出掌心，紅斑豹凝視人類的指掌，垂首嗅了嗅，伸舌舔舐，忽然抬起前肢一躍而起，將哈德蘭撲倒在地。

「哈德蘭！」皮拉歐向前衝，盧考夫扯住他的左臂。

「冷靜下來，小伙子。」

盧考夫咬著沒有點火的煙斗，頭往前方一點，哈德蘭仰躺著，身上的紅斑豹伸出寬大帶著倒刺的舌舔著他的臉。

皮拉歐瞇起眼，想上前阻止的衝動不減反增。

「哈德蘭，牠的右後肢受傷了。」盧考夫謹慎地指出事實，傷了腿的生物通常特別凶暴敏感。

「藍迪是我的朋友。」哈德蘭撫摸紅斑豹的下顎，紅斑豹呼嚕一聲，忽然張嘴叼住哈德蘭，轉頭往黃沙土區跑。

「哈德蘭！」

皮拉歐率先衝出去，艾蕾卡與盧考夫急起直追，中途將皮拉歐撈上馬車，緊跟著紅斑豹。

紅斑豹在黃沙土區一棵巨大椰子樹前停下腳步，小心翼翼地放下口中的哈德蘭。

皮拉歐跳下馬車，他的雙眼發出懾人的藍光，離他不遠的盧考夫和艾蕾卡同時感到腦子裡有根針在戳刺，隱隱發疼。

紅斑豹察覺漁人漫天的敵意，牠豎起毛，赤紅得驚人的細長雙瞳瞇起，防備地瞪視著皮拉歐發出陣陣低咆，左前肢頻頻刨地，呈攻擊姿態，蓄勢待發。

哈德蘭猛地抱住紅斑豹的頸項，搔著紅斑豹下顎的毛髮，紅斑豹用鼻頭頂了頂哈德蘭的胸腹，又瞪了皮拉歐一眼才轉身離開。

「哈德蘭！」

皮拉歐衝上前將哈德蘭抱了滿懷，男人被漁人撞得後退一步，皮拉歐半跪下身摸索著哈德蘭的腰腹，哈德蘭被他的舉動弄得啼笑皆非。

「我沒受傷。」

「我摸過才算數。」皮拉歐固執地一吋一吋檢視按壓。

哈德蘭無奈地嘆息，對趕上來的盧考夫和艾蕾卡解釋道：「藍迪沒有惡意。」

他示意眾人往他們來時的方向看，紅礫土漫天飛揚，貌似有大群的動物經過，「牠帶我們避開紅鷺獅的獵殺潮。」

皮拉歐敏銳地感覺到艾蕾卡與盧考夫陡然放鬆緊繃的神經。

注意到他的視線，哈德蘭解釋道：「紅鷺獅是紅礫土區食物鍊中最凶猛的獵食者，我曾經殺過一隻。但若是我們剛剛碰上那一大群紅鷺獅……」哈德蘭搖搖頭，滿臉忌憚。

「我們在這裡紮營。」盧考夫嗅了嗅空氣中的溼潤氣息，「很快就會有一場暴雨。」

盧考夫對天氣變化的預測尤其準確，哈德蘭深信不疑，他們就地搭起帳棚。

黃沙土區的細沙顆粒小，為了避免風雨太大吹走帳篷，帳篷的支柱必須紮得足夠深。大型帳棚搭好後，盧考夫將駱駝與馬車韁繩綁在椰子樹上，眾人把馬車上的物品全收進帳篷裡，四人一同擠進去拉上門簾。

拉起門簾的那刻，暴風雨降臨。雨勢磅礴，豆大的雨珠打在帳篷棚布上，潮溼的水氣向內浸潤，寒氣逐漸滲進帳篷裡。

盧考夫拿出夜光石，藉著微弱的亮光點起油燈，搖曳的燈火在每個人臉上落下深淺不定的陰影。

「雨會下多久？」哈德蘭透過門簾的氣孔向外遠眺，天空的雲層厚重得透不進任何陽光，彷彿方才的晴空只是錯覺。

「沒有兩三個小時不會停。」盧考夫道，「我擔心馬車——」

忽然間外頭傳來巨大的聲響，地面微微震動，哈德蘭向帳篷外探出頭，看見高大的椰子樹被暴風吹得攔腰斷成兩截。艾蕾卡的駱駝坐騎被巨響驚嚇竄動，牠的韁繩纏繞著椰子樹僅存的樹幹，整個身軀被綁在樹幹上，愈掙扎反而被韁繩勒得更緊。

原先綁在樹上的馬車韁繩也被樹幹壓在黃沙土上，馬車傾倒，前桅破裂毀損。駱駝被馬車轠繩纏繞住而躁動不安，頻頻噴氣踱步，試圖掙脫愈勒愈緊的束縛，轠繩在巨變之下已然有了裂口。

哈德蘭頓時衝出帳篷，在馬車轠繩即將斷裂之際一把抓住。三匹駱駝同時抬起前肢將哈德蘭往前拖，哈德蘭雙手並用猛力扯住轠繩，躁動的駱駝被外力拉扯，掙扎得更厲害。

雨勢大得讓哈德蘭幾乎看不清前方，只感覺到手中的轠繩深深陷進指掌，黃沙土被雨水一沖泥濘不堪，他站立之處逐漸下陷，雙腳彷彿踏不到平地。

不出五分鐘他就會陷進黃泥裡，直到窒息。但是現在放手，他們會失去三隻駱駝，甚至走不出伊爾達特。

「盧可！」他大聲呼叫伙伴，聲音全被雨聲掩蓋。

磅礡的大雨讓他看不見帳篷的所在，盧考夫勢必也看不見他，若在這天氣貿然出來尋找他，反而會迷失在雨勢裡，找不到回帳篷的路。

愈是危急，愈要冷靜。哈德蘭閉起眼，深深吸了一口氣，放聲大喊：「皮拉歐！」

下一刻什麼東西衝到他面前，泥沙噴了他一身，他感到指掌中的壓力倏然減輕，打在身上的雨勢消失泰半。

漁人強健的手臂纏住駱駝的韁繩，寬闊的肩背擋住狂風暴雨，那雙發亮的藍眸清澈地映出他的身影，溫涼的吐息噴在他的鼻間，彼此的唇近在咫尺。

他的呼吸一顫，皮拉歐已經強硬地抓著三頭駱駝往倒塌的椰子樹走。漁人的力道太大，駱駝竟被他拖動，不得不隨著他靠近椰子樹。

皮拉歐朝他咧嘴一笑，哈德蘭心領神會，用力拔出陷在泥濘之中的雙腳，踩著溼透的靴子來到椰子樹前，手起刀落，駱駝韁繩應聲而斷。皮拉歐手一揮，隨即抓握住第四隻駱駝的韁繩斷口。

四頭駱駝往不同的方向掙脫，漁人使勁抓住所有韁繩，他的肌肉賁起，竟不讓任何一頭駱駝移動半步。

整個世界成了一片灰沉的水幕，閃雷在一身晶燦的青鱗上打出亮光又暗下，天地之間只剩一種顏色，似藍似綠，是山是水，是海是天。

哈德蘭吐出沉沉一口氣，感覺到胸腔隱隱發痛。他屏息以待，甚至忘記了呼吸。

生死存亡之際從來只有他拯救別人，從來只有他被人依賴。但在這一刻立場倒轉，他感覺到心臟的某個位置被敲出破口。

曾經漁人亮著漂亮的藍眼睛，對他說：「那你就找個夠強壯的人跟你一起出任務，要死也要死在一起。」

那一瞬間，哈德蘭忽然想，有一個這樣的人陪伴也不錯。

斯堪地聯邦冒險手記

CHAPTER EIGHT

第8章

The Tales of Skandia Federal

斯堪地聯邦首都．賽提斯。

「來，再上一杯！」男人將空酒杯重重敲在吧檯上，其餘的酒杯為之一震。酒客紛紛望過來，竊竊私語。

「……又是羅素副隊長。」

「騙人的吧。羅素副隊長英勇無比、劍術高超，怎麼可能是那種酒鬼！」

「小聲點。你沒看去年的劍術格鬥比賽嗎？羅素副隊長和孫其隊長的冠軍戰，兩個人纏鬥將近一小時，羅素副隊長的封喉殺招讓孫其隊長吃盡苦頭，最後孫其隊長以一擊突刺拿下勝利，但也贏得很驚險。」

「我看你認錯人了吧，那酒鬼看起來連劍都拿不穩——」

「操他摩羅天的！誰說老子壞話！」岩肯．羅素啪的一聲站起，長劍森然出鞘，直指隔壁酒客的咽喉。

「羅、羅素副隊長……」那人嚇得放掉手中的酒杯，玻璃杯在地上摔得粉碎。

清脆的聲響引起眾人的注意，偌大的酒吧倏然寂靜。

「嗯哼。」岩肯搖搖晃晃地坐下，慢吞吞地將長劍收回劍鞘，喊道：「給我一杯，也給這位嚇尿褲子的小伙子一杯，哈。」

「謝謝……羅素副隊長。」

那名酒客顫著雙腿坐下，眼角餘光看向隔壁桌的陪酒女侍蘿絲。

蘿絲身穿緊身的束褲與蕾絲裙，臉上塗著豔麗的妝容。她扭著纖腰，坐到岩肯的大腿上，貼著特別行動騎士隊副隊長的臉頰，親密地調笑。

「羅素副隊長，蘿絲來伺候大人了。」

「蘿絲，妳真是一朵美麗的嬌花啊。」岩肯順勢摟緊懷中的軟玉溫香，猛地灌了一杯雪透酒，單手抹去嘴邊的酒液，「不知道這朵玫瑰有沒有刺？」

「有沒有刺，碰了不就知道嗎？」蘿絲曖昧地撫摸岩肯粗壯的手臂，「大人何不親自檢查？」

岩肯順勢摟住蘿絲的腰身，手掌不正經地揉捏女人豐滿的翹臀。

「是不是長在這？」

蘿絲扭著纖腰，「大人找到了嗎？有沒有刺到大人？」

「這點小刺，給我搔癢罷了。」岩肯輕拍蘿絲的臀，「我還怕刮傷妳的小刺。」

「蘿絲的刺碰到英勇的大人就收起來了。」蘿絲用手指在岩肯的手臂上畫圈，「大人這麼英勇，一定很常出遠門，能不能跟蘿絲講講大人都去了哪裡？蘿絲很想聽呢。」

「想聽老子去哪？我說了有獎賞嗎？」他用粗糙的指掌蹭著蘿絲的臉蛋，拇指揉著紅唇，話語間噴出的氣息酒氣沖天。

「大人想要什麼——」蘿絲輕舔嘴邊的男人拇指，暗示意味濃厚，「就有什麼。」

岩肯嗤笑，「說了也沒什麼特別的，就是跑一趟西岸，基里部落真是什麼鳥都沒有。噢，我們倒是搜出一把很漂亮的匕首，據說是漁人留下來的。嘖，不如去殺光那些不聽話的貴族比較實際。」

蘿絲悄悄與方才打碎玻璃杯的酒客交換一個意味深長的眼神。

「漁人是什麼？長得跟我們像嗎？」她嬌聲問，「會不會吃人？」

岩肯哈哈大笑，「敢吃老子，我就把他插在火上烤熟了吃！」

「羅素大人最強壯最勇猛了！」蘿絲拍手，要酒保再倒一杯雪透酒，「敬大人，敬探險隊公會。」

「敬探險隊公會！」岩肯仰頭將雪透酒一飲而盡，又揉了一把蘿絲的腰際。

「好啦，老子要歸隊了。」他捏了捏蘿絲的臉頰，「下次再來。」

岩肯走出酒吧後，蘿絲將兩枚金幣放在空酒杯旁，扭著腰走到後門。

角落倏地彈出一枚銅幣，她揚手接下，撇嘴道：「這個情報可不只這一點吧。」

「這是訂金，如果妳能想辦法打聽到那把匕首的消息，多給妳一枚金幣。」

角落深處傳來的嗓音低啞，彷彿被破碎的玻璃杯狠狠刮過。

「如果妳能拿到匕首，再多給十枚金幣。」

蘿絲輕笑一聲，回到酒吧裡。

酒吧熱鬧依舊，她轉過頭，後門的陰暗處已不見人影。

伊爾達特・黃沙土區。

暴風雨連下了五個多小時，皮拉歐拽著四頭駱駝靠近帳篷。哈德蘭原想待在外頭與皮拉歐互相照應，但皮拉歐斷然拒絕。

「這是我的天氣，對我來說雨愈大愈好，但對人類不是，你進帳棚裡待著。」

哈德蘭用指掌抹過滿臉的雨水甩甩頭，他全身失溫，冷得像泡在冰水裡，此時此刻接受皮拉歐的建議回到帳篷才是正確的。

他忽然想到幾日前，漁人僵著臉，不得不聽取他的建議躲入馬車中閃避烈日，當時漁人滿臉都是無用武之地的委屈，眼下他倒是感同身受。

什麼時候他也成為被人擔憂、被人保護的對象？這種感覺荒謬得令人難以置信，但又不是真的令人難以忍受，反而是極其新鮮，或許……令人回味？

不是因為受人保護，僅僅是因為對方足夠強大到令人心安。他不必擔憂漁人會有任何危險，那種心理上的全然放鬆與信賴，化成了一絲絲極其細微的愉悅從心口湧上來。

他回到帳篷內，艾蕾卡遞給他一條乾毛巾，哈德蘭隨手用毛巾抹過臉，又往外頭看。

大雨之下視線不佳，他卻隱隱能感受到漁人就在不遠處。他安心地吐出一口氣，一回頭就對上盧考夫探詢的目光。

「我們雖然沒有細問……不過，漁人到底是什麼生物？」

哈德蘭一怔，他確實沒有和隊友們詳細解釋過。

探險隊公會對漁人的記錄不多，畢竟千百年來漁人很少上岸，在百姓的眼中，漁人甚至只是一種傳說，偶爾還會被沿海部落的居民視為帶來海洋神諭的侍者。

「漁人的四肢很有力，能攀上厄斯里山崖；他們的五感比人類靈敏，在水中用鰓呼吸，上岸時可以用雙腳走路、用肺呼吸，閉氣時有很大的肺活量，但顯然不能離開水裡太久。」

哈德蘭回憶這一路上的經歷，「漁人的本性單純，不具有攻擊傾向，而且學習能力驚人。他們有自己的語言，不確定有沒有文字，不過皮拉歐可以讀大聯合報。」

「哈德蘭，你執意要搜尋藍玫瑰的原因是什麼？」艾蕾卡的目光銳利，「你明知道許多貴族都對藍玫瑰虎視眈眈，探險隊公會原本可以不用淌這渾水。」

藍玫瑰屬於一級貴重物品，哈德蘭一旦向探險隊公會遞交申請搜索藍玫瑰，總事務官必須進行三度審核往中央呈報。

這號稱是機密任務，實際上知道這項任務的貴族人數必定不少，若哈德蘭真的搜尋到藍玫瑰，勢必會引起一場紛爭。

「別跟我說你突然善心大發，想幫助漁人解決他們的娛樂問題。」艾蕾卡沉聲道，「你也不可能是自己想要，找到藍玫瑰一定要呈報給探險隊公會，你才不是那種不顧大局的人。」

哈德蘭移開視線，盯著他們圍坐的燈火，跳動的火焰總讓他一再回想起皮拉歐焦黑泛白的魚鱗。

他答應皮拉歐之初，確實不是因為漁人的要求。漁人提到藍金豎琴突然斷裂，造成海洋潮流紊亂，他當時便想，這很可能只是天候異變造成的連鎖反應。

近二十年天候異變異常嚴重，不只沿海海平面突然上升，就連厄斯里山今年都降下千百年難得一見的冰雪暴。

另一方面，根據探險隊公會的文獻記載，距今約兩百多年前，伊爾達特曾經是片豐饒的樹林。不知怎麼回事，在這兩百年間它彷彿被吸食了生機，那一大片樹林逐漸凋零，終至寸草不生，而後又衍生出各種適應當地區域的生物。

這些氣候變化分開來看或許只是各地奇象，但當聯想在一起，總覺得哪裡不對勁。他呈報藍玫瑰的申請時，曾另外發信給總事務官恩爾菲斯特，隱晦提及他的猜測。

而後總事務官明面上核可他的申請，要求他全數繳交獲得的藍玫瑰，暗地裡卻回信同意漁人帶走一半數量的藍玫瑰，並授權哈德蘭全權處理這件事並追蹤後續。

他想既然恩爾菲斯特沒有讓盧考夫與艾蕾卡知曉內情，即便他們是與他以命相交的伙伴，有些事在查明之前，最好還是保持沉默。

「如果能發現藍玫瑰，那對人類來說也是一件好事。」哈德蘭輕描淡寫地說，「其他的讓總事務官大人操心就好。」

「唔。」盧考夫喝了一口雪透酒溫暖身體，刻意壓低聲量，「你想利用漁人找到藍玫瑰對吧？我們會保密的。」

哈德蘭含糊地應聲。

當皮拉歐首次提及漁人部落同樣飽受天候異變之苦時，他並未放在心上，只著力於查明藍金豎琴的斷裂是否關乎天候異變。

但在與皮拉歐相處之後，他開始意識到，基於某種未知的原因，他想幫皮拉歐一起解決藍金豎琴的問題，那與他的目的並不相違背。

麻煩的是，他為了掩飾真正的目的而對外所使用的藉口，對人類而言合情合理，對漁人而言卻是一種背叛。

他閉上眼睛避開盧考夫探詢的目光，下意識不願意正面承認盧考夫的猜測。他不想傷害皮拉歐，即使皮拉歐根本聽不到。

一定是因為那雙藍眼睛太漂亮的緣故。

接近深夜，雨勢終於停止。

哈德蘭踩著泥濘將駱駝的韁繩綁在帳篷支柱上，皮拉歐抖落身上的水珠，神清氣爽地踏入帳篷之內。

「辛苦了，小伙子，來一杯吧。」盧考夫遞出一杯雪透酒。

皮拉歐嗅到酒味，忽然靈光一現。他接過盧考夫遞來的雪透酒澆到手臂上，再伸到哈德蘭的嘴唇前方，他的目光熱切，火熱得毫不掩飾，藍眸之中寫滿了濃厚的渴求。

哈德蘭被他熱烈的目光看得渾身發熱，隱約想起皮拉歐被黑熊咬傷手臂時，漁人看他的目光曾隱含模糊的期待，如今那些模糊的意念已然成形，轉化成顯而易見的渴望。

皮拉歐希望哈德蘭舔他。

漁人的渴望熱烈得不容忽視，炙熱的情感透過比言語更強烈的肢體語言衝擊哈德蘭，讓他下意識舔著嘴唇，喉頭發乾喉嚨發癢，忍不住嚥下好幾口唾液。

他的喉結上下滑動，某種衝動驅使他傾身，輕輕舔吮青綠鱗片之間的酒液。

「那是什麼特殊的漁人儀式嗎？」盧考夫悄聲問，他在艾蕾卡臉上找到同樣困惑的神情。

「大概是勝利者展示桂冠的意思。」艾蕾卡沒什麼把握，「說不定是用來取代喝酒狂歡的派對。」

「所以我們等一下也要舔？」盧考夫揣測著他的舌頭被鱗片割開的可能性。

「我寧可不要。」艾蕾卡扮了個鬼臉，「讓哈德蘭做他的頒獎人。」

「或他的勝利女神。」盧考夫半開玩笑。

「……或許正是勝利女神。」艾蕾卡喃喃道，「剛才那傢伙衝出帳篷時，我還以為他家被人放火燒了。」

結果事實是皮拉歐聽到哈德蘭的呼救。

照她來看，皮拉歐比她想像的還要重視哈德蘭，並不是他們所以為的只將哈德蘭當成人類嚮導。

她說不出這是不是一件好事，誠然漁人可能會基於信任帶他們找到藍玫瑰，但她也擔心皮拉歐發現他們只是在利用他後，很可能會發狂。他們不該忽視能單靠一己之力制伏四頭駱駝的漁人所能造成的破壞力。

而更糟的是，她不覺得哈德蘭對他們說了實話。

皮拉歐第一次體會到渴望。

在這之前，他所感受到的只是朦朧的臆想。每當哈德蘭注視他，他手臂上的魚鱗就像被公主海葵輕輕拂過般，柔滑的觸感讓他口乾舌燥。哈德蘭周身彷彿帶著電流，一碰觸他，若有似無的酥麻便在他的身體裡流竄。

但今晚，駱駝的嘶鳴在雨中迴盪，他踏進雨夜之中的帳篷，燈火將搖曳的影子映在帳篷上，而盧考夫遞給他一杯雪透酒，似曾相識的畫面在腦裡一閃而過。強烈的情緒忽然竄出頭，一念之間他澆溼手臂，看著哈德蘭俯下身舔吻自己的魚鱗。

相觸的剎那，比想像中更加酥麻的快意竄進皮拉歐的腦門，意料之外的衝動讓他的下腹發熱而緊繃，他低喘著，眼神沒離開過哈德蘭。

炙熱而無法紓解的渴望讓他手心刺癢，爬上手臂，在他的心裡竄動。他心浮氣躁，下意識想問哈德蘭，卻在哈德蘭抬首瞬間看見男人微張著嘴喘息，狩獵者素來清冷的黑眸變得幽深，好似有暴雨在眸底翻騰。

他的視線下滑，從哈德蘭脆弱的脖頸滑到厚實的胸膛。狩獵者的呼吸加快，胸膛頻頻起伏，噴發而出的熱燙氣息躁熱得令他發慌。

對於人類，他不懂的東西還很多，但在這一刻，他清楚知道哈德蘭與他同樣被身體裡灼燒的熱浪反覆折磨。

空中的水氣彷彿被身上的熱意蒸發，明明是夜半時分，卻比日正當中更讓他感覺像走在焦土之上。心頭烈火焚燒，熱得他恨不得跳進大海裡潛到最深處，撫慰著全身最熱燙的部位，尋找足以發洩的出口。

他貪婪地往前，鰓不由自主地展開扇動，試圖吸進冷涼的空氣。

「你的鰓會變紅是什麼原因？」

盧考夫的提問打斷那個未知的時刻，哈德蘭突兀地退開。

皮拉歐遺憾地目送著哈德蘭撇過頭，無法紓解的渴望化成沉沉的沮喪，無精打采地隨口應道：「沒有為什麼。」

他們半坐在帳篷裡入睡，哈德蘭斜靠在皮拉歐肩上，漁人透過帳篷向外望，落雨的響動讓他格外想念故鄉。

他側首望向哈德蘭的睡顏，這趟旅途比他預期的更長更遠，但在哈德蘭的陪伴下，那些別有居心的人類與不熟悉的沙漠地形都變得可以忍受。

輕微的打呼聲響起，皮拉歐撇頭去看。盧考夫翻過身咕噥，「就該這樣做。」

哈德蘭噴出輕笑，皮拉歐輕聲問：「他說什麼？」

「別理他，只是夢話。」哈德蘭的聲音帶著笑意，「夢話至少比打呼聲容易忍受。」

「對我來說都差不多。」皮拉歐不在意無謂的噪音，他在意的是別件事，「你被吵醒了？」

「我通常不用那麼長的睡眠時間。」

「我以為人類至少該有基本的睡眠時數。」

「對一般人來說是這樣沒錯。」哈德蘭不否認。

「但你不是一般人。」

「我不是一般人。」哈德蘭輕笑。那雙黑眸裡全是耀眼的星辰，彷彿能引人上前，掬滿兩掌的星光。

他被熟悉的欲求驅使，慢慢垂首靠近狩獵者，哈德蘭沒動，像是默許他的靠近。

皮拉歐順應心緒，啞聲道：「想親親你。」

狩獵者彎起雙眼，星空成了漂亮的弧形。皮拉歐的唇最終落在那雙盛滿星辰的眼睛上，狩獵者的眼睫抵著他的唇瓣輕輕扇動，甜美溫暖的情感讓他的嘴角自然浮現出笑意。

一切是如此水到渠成。皮拉歐離開那雙眼睛時，瞧見狩獵者微張的嘴唇。

他確實不能明確分辨這種從心裡滿溢而出的情緒，卻絕不會錯失任何邀請的訊號。

親吻的電流在身體裡橫衝直撞，熱切的喜悅讓皮拉歐眩暈，那裡有著他不能辨別的強烈慶幸與不明所以的酸楚。他感覺自己與哈德蘭像是兩根琴弦被同時撥動，渾身震顫，以靈魂相互應和成一個完美的和弦。

他過了好一會才感覺到吻已結束，狩獵者的臉上亦浮現罕見的茫然。

在盧考夫的輕鼾聲中，他們共享片刻的餘韻與醒悟，那是比吻更親暱的時刻。

哈德蘭輕聲嘆息。

「晚安。」

馬車毀損得過於厲害，無法再乘載貨物，哈德蘭當機立斷拋棄了馬車，將所有的物資分散到四頭駱駝上。

皮拉歐原先騎在哈德蘭身側，又想到自己應該要去保護艾蕾卡以避免哈德蘭分心，便加快速度，騎至艾蕾卡前頭。

「漁人小子又想幹嘛？」盧考夫湊近哈德蘭，「他又不認識路。」

「他想表示他有罩大家的能力。」哈德蘭依據皮拉歐過往的行為進行猜測，

「他在自己家鄉就是負責這個。」

「難怪他和你很合拍。」盧考夫從懷中摸出菸斗咬上，「他很重視你，我說真的，別否認。」

哈德蘭輕咳一聲，忽然想到昨晚那個意料之外的吻，有種瞬間被看透的尷尬。

「雛鳥情節作祟。」

「他緊張你的樣子不是把你當成媽，更像是某個非常關心的——朋友。」盧考夫的舌音在「友」字上打轉，「讓我們暫且這麼說。」

「別拐彎抹角，盧可。」哈德蘭拉緊韁繩，駱駝被拉扯得抬起兩腳噴氣，「不是你想的那樣。」

「我什麼都還沒說，你別急著否認。」盧考夫輕聲問，「那艾蕾卡呢？你已經放下她了？」

「她是提姆的，從她嫁給提姆那一刻開始。」哈德蘭沉聲警告，「盧可，我們是朋友，但你越界了。你不該問這個問題，我們也不是你想的那樣。」

盧考夫搖了搖頭，「哈德蘭，別忘記你的立場。」

「當然。」哈德蘭微扯唇角，將「我當然知道我的立場是什麼，但你不知道」的反駁重新嚥回喉頭，「我一直都記著。」

前方忽然傳來駱駝驚詫的噴氣聲。

「哈德蘭！」艾蕾卡尖聲叫道。

哈德蘭與盧考夫帶著戒備往前頭看，皮拉歐貌似朝艾蕾卡扔出一道藍光，哈德蘭來不及反應，皮拉歐與駱駝已陷進黃沙之中。

「皮拉歐！」哈德蘭吼道。

黃沙土區的流沙吞噬生物僅需數秒。青綠的身影轉瞬間陷落，毫無半點聲息，連呼救都來不及。

「本來應該是我，皮拉歐用駱駝撞開我……」艾蕾卡懊惱地抓著頭，手裡握著皮拉歐扔向她的匕首，「他很快就會窒息！」

「冷靜點艾蕾卡，流沙代表土地下方是空心的。漁人能憋氣超過一個小時，在他窒息之前就會落到地下通道，我們要在他乾旱之前找到他。」

哈德蘭抓緊手中的韁繩，指甲幾乎要刺進掌心，指掌之中全是汗水。

「我們該怎麼找他？」盧考夫嗅著空中的氣味，「都是雨水味，太難追蹤了。」

「流沙會動，我們必須跟著流沙的動向走。」哈德蘭看著附近的椰子樹，猛然想起椰子樹的傳說。

只要不拔椰子樹上的椰子，椰子樹就不會移動。但若是已經折斷的椰子樹，應該也算「被拔了椰子」吧？

「盧可，你記不記得我們出發的時候，那棵椰子樹距離我們帳篷多遠？」

盧考夫掏出菸絲塞進菸斗裡點火，深深抽了一口，吐出一個煙圈回憶道：「大概有四個駱駝身長。」

「我們在下雨之前，是把帳篷紮在椰子樹下沒錯吧？」哈德蘭確認道。

「對，所以我才把駱駝綁在椰子樹上。」盧考夫肯定哈德蘭的猜測，「椰子樹應該是往西西南方移動。」

「好，以下是我的推測。黃沙土區的椰子樹很可能是跟著流沙的動向移動，椰子大概是加重椰子樹重量而形成壓制流沙的方法。所以我們要讓椰子樹移動，跟著它走才能追蹤流沙。」

哈德蘭指著不遠處的那棵椰子樹，拿出弓箭一發三箭，射掉樹上碩實累累的三顆椰子。

「就以它為嚮導。」

「如果你錯了，其實要往那邊走呢？」盧考夫指著皮拉歐方才陷落之處，那處流沙頂端殘留著皮拉歐所穿的探險隊公會上衣碎片，正往東南方緩慢前進。

「我們沒有時間兵分兩路。」哈德蘭望向那棵失去椰子的椰子樹，「艾蕾卡，妳怎麼想？」

「我們不知道伊爾達特的黃沙土區如何運作，但若要選的話，我相信哈德蘭的直覺。」艾蕾卡騎到哈德蘭身側，「盧可？」

盧考夫皺著眉，連連吸了三口菸，噴出一大圈灰白色的菸息。

「二比一，我沒意見。照哈德蘭說的走吧。」

「跟我來。」

哈德蘭調轉駱駝，胸腔內的心臟怦怦直跳。

他有種直覺，會移動的椰子樹並非偶然。伊爾達特向來是一物剋一物，在紅礫土區必然能在毒蟲附近找到解藥，在黃沙土區這個規則不該被打破，會移動的椰子樹對應流沙，甚為合理。

如今他們也只能賭一賭了。

哈德蘭的直覺在野外求生時尤其準確。

那棵椰子樹在移動到下一棵椰子樹旁時停止了。哈德蘭再度拿出弓箭，射下第二棵椰子樹上的果實，果然看見第二棵椰子樹開始移動，原先的椰子樹則遞補它的位置留在原地。

他們追蹤了整整三天，換了將近十棵椰子樹，哈德蘭一天比一天沉默，如非必要絕不開口。他只是固執地重複射下椰子，追蹤到下一棵椰子樹，再射下椰子的舉動。

到第四天，連盧考夫都失去了信心。

「哈德蘭，我們不能這樣漫無目的地找下去。漁人小子早就被活埋了，我們不只找不到他，還可能迷失在伊爾達特裡。」

「我們快找到他了，我知道，盧可。」哈德蘭的嗓音乾啞，像是被炙熱的烈陽曝晒數日，「再一棵椰子樹，我有預感，盧可。」

「你瘋了，哈德蘭，你會害我們在這裡送命。」盧考夫忍不住發脾氣，「把你的冷靜找回來！」

「我很冷靜！」哈德蘭嘶啞著聲音道，「我不能把他丟在這裡，是我帶他進來，我一定要把他帶出去。」

「他不是你的誰，你已經完成你的義務了。你帶他進來，他撐不過沙漠氣候死在伊爾達特，這就是漁人的狂妄。」盧考夫壓抑著怒氣，「我不能看你把自己埋在這塊荒地上。」

「他可以的，我知道他可以。他還活著，我有感覺，盧可你不懂！」哈德蘭猛力搖頭，「我能感覺到他還活著。」

這幾天他的腦中不時浮現皮拉歐在地底爬行的畫面，那或許是沙漠造成的幻覺，但他寧願相信那是來自皮拉歐的指引。

「別跟我說你們之間有精神感應，你怎麼感覺得到？你只是在欺騙自己罷了。」盧考夫嗤之以鼻，「艾蕾卡，妳說句話。」

「我相信哈德蘭，如果哈德蘭說有，那就是有。」艾蕾卡眼瞳泛紅，熬了幾夜的雙眼滿布血絲。

「皮拉歐是為了救我才掉進流沙裡，如果哈德蘭不放棄，我也不會放棄。」

「你們！」盧考夫深深吸了一大口菸，「好，很好。」

他回頭清點著駱駝上的行囊，「我們再找一天，我們已經偏離路線太遠，必須要確保回程有足夠的口糧。」

「成交。」哈德蘭放下心，不自覺往地上看，赫然發現黃沙土的異樣。

「盧可，我們靠近黑石土區了嗎？」他的聲音緊繃，像是蓄滿張力的弓弦。

「我們沒有往中心點走，距離地圖上標註的黑石土區應該有一大段距離。」盧考夫順著哈德蘭的視線往地上看，不知何時，他們的腳下已經踏著黑石土。

「我記得我們剛剛踏的還是黃沙土……」盧考夫失聲道。

一旦踏入黑石土區，那就意味著他們隨時都會見到隱藏在黑石土區的霸主——黑蟄蠍。

艾蕾卡的駱駝忽然鳴叫，猛地揚起兩隻前蹄原地打轉，躁動不安。

在她前方，傳說中的黑色惡魔抬起牠兩隻巨大的螫，慢慢向他們爬了過來。

斯堪地聯邦冒險手記

CHAPTER NINE

第9章

The Tales of Skandia Federal

「艾蕾卡退後！」哈德蘭喝道，隨手抽出卡托納小刀射向黑蟄蠍。

小刀精準地插入牠的頸部縫隙，黑蟄蠍轉移目標爬向哈德蘭。

艾蕾卡騎著駱駝退到盧考夫身側，冷汗冒出她的脖頸。她想衝上前幫忙，卻陡然憶起上一次生死交關的恐懼，她的呼吸變得急促，雙手不禁緊握著韁繩，彷彿被凍結般無法移動。

哈德蘭騎著駱駝迎面靠近黑蟄蠍，他身手俐落地跳到黑蟄蠍身上，單手緊抱黑蟄蠍的脖頸，一手從行囊中抽出卡托納尖刀，對著黑蟄蠍雙眼之間，從上而下直直戳入。

深黑色的體液瞬間沖天噴濺，黑蟄蠍痛得用力甩動身體，哈德蘭順勢翻身落地。他抹掉臉頰沾上的黑色體液，向旁吐出一口唾液。

重傷的黑蟄蠍垂下尾端，雙眼之間猛力噴發的深黑色體液變成涓涓細流，牠顫著身體，搖搖晃晃了數分鐘後，終於不再動彈。

「幹得好，哈德蘭！」盧考夫鬆了口氣，「你怎麼知道要攻擊牠的眼睛？」

「上一次我被那隻醜八怪叉成串燒時，我用力戳了牠的眼睛才被放開，顯然眼睛就是牠的弱點。」

哈德蘭走到僵直的黑蟄蠍頸側，拔出沾著黑血的卡托納小刀和尖刀，濃稠的黑色血液從刀尖頂端滴落在地，隱沒進黑石土中。

「艾蕾卡，妳還好嗎？」哈德蘭關心地問。

「我沒事，多謝。」艾蕾卡抹去頸側的汗液，「又欠你一次。」

「別在意這個。盧可，你能判斷我們現在的位置嗎？」哈德蘭轉頭問。

盧考夫從懷中掏出探險隊公會特製的方向指針，對著太陽的方位旋轉，方向指針左右搖擺後指出定位。

「我們約莫在伊爾達特的西西南偏西五，距離出口大約要走一週。」盧考夫面色凝重，「我建議我們盡快離開黑石土區。」

「我不知道這裡也會有黑石土。」

哈德蘭觀查地上黝黑的石塊，黑蟄蠍的屍體倒在黑石土中，遠看就像融為一體，分不清是蠍還是土。

「先往東方走。」盧考夫收起方向指針，調轉駱駝，「跟我來。」

哈德蘭察覺到身下的駱駝正在躁動，他撫摸著駱駝試圖安撫坐騎，卻沒有太大的效果，他甚至可以感覺到駱駝的不安裡潛藏著懼怕。

「盧可，我覺得不對勁。」哈德蘭停下駱駝，「你有沒有感覺土地在震動？」

艾蕾卡摸上自己的紅寶石小刀，分神戒備。

盧考夫拉起韁繩停步，嗅了嗅空氣。忽然間他臉色一變，腳下的黑石土驀然升起，他扯著駱駝往旁跳開。

升起的黑石土張開兩隻大螯揮舞著，埋藏在黑石土中的雙眼細細瞇起，盯著盧考夫。牠的大螯一揮，盧考夫反應迅速地後退，恰恰躲開黑蟄蠍的攻擊。

與此同時，艾蕾卡與哈德蘭所站立的黑石土也大力震動，他們同時向兩旁跳開，但不管退到哪處，土地的震動並未停止。一隻隻黑蟄蠍舉著大螯從黑石土中爬出來，密集的黑眼珠讓人看了頭皮發麻，冷汗直冒。

在眾多黑蟄蠍之中，有一隻長得異常巨大的黑蟄蠍，體型是其他黑蟄蠍的兩倍，兩隻大螯分別長著向外突出的尖刺，雙眼外突成黑球狀，蠍尾的尾翅立起，型態比一般的黑蟄蠍更加恐怖而醜陋。

牠舉起大螯，其他黑螯蠍便將三人團團圍住，像是等待牠發號施令。

「那隻是什麼鬼東西？」盧考夫叫道。

哈德蘭一眼認出那隻最巨大的黑螯蠍，「那應該是蠍后，我們想必是闖進了牠們的巢穴。」

十年前，他的父親亨利克．杜特霍可正是被這種特殊型態的黑螯蠍所殺。那一日是他的畢生惡夢，腥紅色的血染溼他的衣物，他經常在午夜夢迴間驚醒，聞見指掌間濃厚的血腥味。

當時他的父親拚著命與那隻蠍后同歸於盡，十年後，換他向黑螯蠍后決一死戰。

「瞄準牠們的雙眼之間，蠍后留給我。」哈德蘭沉聲道，「記住，我們比牠們靈活，不要被大螯或是蠍尾戳到就沒事。」

艾蕾卡扯住哈德蘭的衣袖，「小心點，哈德蘭。」

「你也是。」哈德蘭看向盧考夫，盧考夫輕輕點頭，「保重。」

哈德蘭單槍匹馬地往前衝，他手起刀落，卡托納尖刀分毫不差地刺進黑螯蠍的雙眼之間。他一刀一隻快速解決黑蟄蠍，黑血濺了他和駱駝一身，遠看就像索命的死神，所到之處無一生還。

哈德蘭用袖口抹了抹臉，不知何時，黑蟄蠍全退開來，留出一條通道。通道底端只見黑蟄蠍后等在那裡，彷彿是場命中注定的對決。

哈德蘭舔了舔下唇，舔進嘴邊的黑血，為自己莫名湧起的宿命情懷嗤笑。

他想了好多天，夢了好幾年，想著要怎麼樣把那隻蠍后支解，一塊一塊拆碎，敲爛她的蠍頭，挖出她的雙眼，祭奠在父親的墓前。積累多年的怨氣從未因歲月消逝而紓解，反而變本加厲。

他扔掉手中已經鈍化的卡托納尖刀，從腰間抽出兩把鋒銳無比的小刀，邁著駱駝一步一步地往前靠近。

艾蕾卡屏氣凝神，方才陷入屠殺的哈德蘭彷彿被惡鬼附身般，渾身都泛著戾氣，雙眼銳利而凶猛，宛如凶惡的猛禽，一靠近就會被撕得粉碎。

那是她從未見過的哈德蘭，她認識哈德蘭超過十年，卻不知道他有這一面。

光是隔著一大段距離，她都能從空氣中感覺哈德蘭渾身濃烈沉重的情緒，那些黑暗的情感宛如潑灑在他身上的黑血，正逐漸將人吞噬殆盡。

她這個朋友當得太失職了，直到現在才發現有些東西早已失去控制。

自從她閃電般嫁給提姆後，哈德蘭便提出要搬去紐哈達特。她沒有反對，實際上是不敢面對自己的背叛與失信。她自欺欺人地說服自己不要違背哈德蘭的心願，將哈德蘭獨自留在紐哈達特五年之久，任由哈德蘭斷了聯繫。

荒涼濱海的紐哈達特，讓哈德蘭變得更加冷漠消沉。他宛如一把銳利冰冷的長劍，在自己與世界之間切出一道任何人都跨不過的溝渠。

「艾蕾卡，妳有辦法打斷蠍后螯上的刺嗎？」盧考夫低聲問。

艾蕾卡回過神。

哈德蘭停在黑蟄蠍后前方，跳下駱駝，他拍了牠臀部幾下，讓駱駝跑向盧考夫。

蠍后揮舞著大螯，螯上尖刺向哈德蘭戳去，他用小刀隔擋，順勢跳開。尖刺轉向，兩支大螯左右夾擊，封殺哈德蘭的移動範圍。

「我能打中，但我不認為能折斷牠的刺，我們需要硬度更高的東西。」

艾蕾卡往腰間一摸，忽然摸到一把匕首。匕首鋒利，刀鋒泛著藍色光芒，匕首尾端鑲嵌著漂亮的藍寶石。

「這是——皮拉歐掉進流沙之前扔給我的。」

她想到至今仍下落不明的漁人，更加心煩了，她將匕首收回腰間往四周看。

「盧可，我有辦法了。」她指著那些死去的黑蟄蠍，「用牠們的螯試試看。」

盧考夫與艾蕾卡通力合作，拗斷數隻黑蟄蠍屍體的大螯。當他們舉著大螯往蠍后靠近時，一旁守候蠍后的黑蟄蠍們並未發動攻擊，只是用那些細長的黑眼睛觀察兩人的一舉一動。

艾蕾卡與盧考夫看向彼此染滿黑血舉著大螯的模樣，艾蕾卡忽然靈光一現，悄聲說：「牠們以為我們是同類。」

盧考夫將兩隻大螯分別綁在駱駝上，又澆了駱駝一身黑血，「我們靠近一點。」

此時哈德蘭已經故技重施跳上蠍后背部，雙腳箝住牠的頸側，左右閃避襲來的大螯尖刺，試圖尋找機會將小刀戳進蠍后的要害。

「哈德蘭，低頭！」盧考夫舉臂將大螯用力投擲而出，哈德蘭倏地低頭，那隻斷螯擦過哈德蘭的頭頂，撞上迎面而來的尖刺。尖刺被猛然撞斷，插進一旁的黑石土中。

蠍后發出尖銳的氣音，揮舞另一隻大螯，更加猛力戳刺頸上的哈德蘭。

「快，哈德蘭撐不了多久。」

艾蕾卡舉起大螯，盧考夫瞇著眼左右瞄準。

「不行，牠動得太快，我們會砸到哈德蘭。」

「我去當誘餌！」艾蕾卡當機立斷地跑上前。

「等等艾蕾卡！嘿！」

盧考夫瞧見跑向蠍后的艾蕾卡，心急如焚。

「操他摩羅天的！」

艾蕾卡的心臟跳得又快又急，每邁開一步心裡就叫囂著退縮，恐懼如影隨形，但看見箝著蠍后的哈德蘭，那些恐懼忽然飄得很遠很遠，心裡只剩一個念頭——

她要帶著哈德蘭走出伊爾達特。

為了這件事，她寧願失去好不容易從提姆那裡得來的信任，面臨探險隊公會的降級處分，放棄她努力多年的一級狩獵者榮譽勳章，也要在這裡陪著哈德蘭，隨時準備還給哈德蘭一條命。

那是她欠他的，欠了他好多年。

她看向高她兩倍的醜陋生物，大喊道：「醜八怪，我在這裡！」

黑螯蠍蠍后停下揮舞的大螯，觀察自己面前的生物，艾蕾卡身上的氣味似乎讓牠有些困惑。

就在那一刻，盧考夫舉著斷螯用力投擲，精準地撞斷蠍后大螯上的另一根尖刺。

蠍后發出淒厲的高音，大螯用力下揮，艾蕾卡首當其衝，毫無閃躲的空間。

「艾蕾卡！」哈德蘭從蠍后身上撲下來，抱住艾蕾卡往一旁滾開，他將艾蕾卡壓在身下，用背部迎接蠍后的穿身攻擊。

他緊閉雙眼收緊雙臂，濃厚的血腥味縈繞在鼻尖，耳邊是女子的泣音，無能為力的絕望感再度席捲而來。

十年前他阻止不了父親被黑蟄蠍所殺，七年前他阻止不了母親憂思成疾。這麼多年過去，他取得無數探險隊公會頒發的獎章，卻連想拯救的人都救不了。

他仍然是十五年前第一次進伊爾達特的那個少年，什麼事都做不到。

「哈德蘭，看！」

艾蕾卡溫熱的軀體和吐息讓哈德蘭回歸現實，他喘著氣放開艾蕾卡，起身回頭。

在他眼前，皮拉歐正用雙手抓住蠍后的大螯，他的雙臂肌肉賁起，立在黑石土上的雙腿堅定而有力，身上的會服早已破爛不堪，布條在空中獵獵飛揚，背上的青綠鱗片在太陽底下閃閃發光。

「哈德蘭，就是牠，我找到了！」

皮拉歐回過頭，嘴角咧出笑容。

「快把『緘默』給我。」

那是哈德蘭無法形容的一瞬間。

漁人的藍眼睛亮得驚人，彷彿能照亮所有黑暗的角落。他浸潤在宛如神降的光芒裡，忽然有種上前親吻那雙眼睛的衝動。

「緘默？」他發愣。

「我的匕首。」皮拉歐在抵禦大螯下壓之間抽空回頭解釋。

艾蕾卡早已從腰間抽出那把藍寶石匕首塞到哈德蘭手中，她往哈德蘭的肩膀用力一推。

「快去支援皮拉歐，快啊！」

蠍后的另一支大螯從左側來，皮拉歐空出一手抓住那支大螯，蠍后憤怒地發出尖銳的短促氣音，口器緩慢地滴出體液，澆在皮拉歐身上。

那些體液開始腐蝕皮拉歐身上所剩無幾的披風，布料冒出陣陣白煙，接觸到體液的青綠鱗片也紛紛變白。

哈德蘭握著藍寶石匕首跑到皮拉歐身側，「皮拉歐！」

「哈德蘭，『緘默』能帶我們找到藍玫瑰。」

皮拉歐從齒縫之間噴出字句，徒手制伏兩支蠍后大螯幾乎費盡他全身的力氣。

「你只有一次機會，一定要刺對地方。」

「刺哪裡？」哈德蘭感覺某種熱流從匕首刀柄流進身體裡，那股溫熱的能量像是這幾日在他體內無數竄動的細小熱流，卻更豐沛更穩定。

「哈德蘭，握緊『緘默』，它會告訴你。」皮拉歐的雙腳被蠍后的力道壓迫得往下陷，「動作快！」

哈德蘭閉上眼，手心之中的熱流彷彿有意識般流淌到他的四肢與大腦，他的五感被放大，彷彿看見了黑螯蠍后的身體構造，從尖刺、大螯、突出的雙眼、尖銳的尾翅、尾足、口器到心臟。

在那顆心臟之中，一朵藍玫瑰正悄然綻放。

蠍后就是藍玫瑰。

你被她所傷，必要傷她才能自救，伊爾達特向來是一物剋一物。

「是心臟！」

哈德蘭握緊匕首，若要將匕首直直刺入蠍后的心臟，他必須站在皮拉歐的位置，但若皮拉歐移位，便沒人能制伏蠍后的兩支大螯。

哈德蘭回頭叫道：「艾蕾卡、盧可，去拿彈力套索。」

艾蕾卡和盧考夫瞬間心領神會，他們跑回駱駝處，從行囊中抽出彈力套索。

等哈德蘭一點頭，他們同時扔出手中的彈力套索，套住蠍后的兩支大螯，皮拉歐趁機向後跳開，哈德蘭立即上前補位，對準蠍后的心臟位置，將藍寶石匕首直直刺入。

深黑色的液體瞬間噴了哈德蘭滿臉，濃稠的黑血淌至他的下巴，哈德蘭的雙眼映照出蠍后猙獰的面容。他倏地抽出藍寶石匕首，伸手插入蠍后的胸腔破口，手一拉，拔出那朵長在心臟的藍玫瑰。

傳說中，藍玫瑰只會開在最幽深的沼澤邊。

他凝視著指掌上邪惡濃稠的黑色血液，含苞待放的藍玫瑰在黑血之中浮沉，藍寶石匕首傳遞的熱流逐漸流向藍玫瑰，被花莖尾端全數吸取，接著花莖緩緩直立在他的掌心上，花苞逐漸綻放而開，每一片花瓣的形狀都姣好完美，泛著淺淺的藍色瑩光。

這一刻，所有黑蟄蠍全部撤退，潛進黑石土中。

冰涼的物體觸碰到臉頰。

哈德蘭睜開眼睛，看見艾蕾卡懸在他上方，手裡拿著一條溼毛巾。

「嘿。」

「嘿。」艾蕾卡遞給他那條溼毛巾，「擦一擦吧。」

他接過溼毛巾抹了抹臉，黑蟄蠍的體液乾涸之後在臉上凝固，被毛巾一抹便片片剝落。哈德蘭摸著清爽的臉頰，心態感到前所未有的輕鬆。

「皮拉歐呢？」他問。

「和盧可在準備晚餐。」艾蕾卡坐到他身側，拋來一個小酒瓶，「聊聊？」

「什麼事？」哈德蘭拔開瓶塞，仰頭喝了一口，熱辣的酒液煨暖喉嚨和胸腹。

「你知道我願意為你做任何事吧？」艾蕾卡凝望著他。

她的灰眸在陽光下顏色極淺，近乎透明，像是最澄澈透明的水晶，毫無一絲雜質。一旦被那雙眼睛凝望，就彷彿被授予終生守候的使命，心甘情願任她差遣。

他也曾經是那雙眼睛的騎士，在多年以前。

「這句話最好別讓提姆聽見。」他移開視線，仰頭喝了一口酒。

「哈德蘭。」艾蕾卡很輕地嘆息，「不管你想不想談，我也不管你和探險隊公會有什麼約定，我只是想讓你知道，無論如何我都會站在你這邊。」

哈德蘭看向她半晌，「我知道，艾蕾卡，放心吧。需要妳的時候，我不會客氣。」

艾蕾卡聽出哈德蘭語氣裡的鬆動，放下心。

「等我們出去之後，先去一趟埃德曼莊園。我知道你接下來還有任務，但你絕對需要找個地方好好休息幾天。」

她在哈德蘭表示反對以前又飛快道：「還有那個漁人，沒有任何旅館比埃德曼莊園的守備更森嚴。相信我，你們會需要一個不受打擾的住所。」

哈德蘭嘖了一聲，「別讓提姆打任何壞主意。」

「我盡量。」艾蕾卡苦笑道，希望法恩斯在她缺席時能照顧好她的丈夫。

哈德蘭打量她的神色，「你知道那傢伙不會對妳怎麼樣吧？不管他表現得有多麼混帳，說出多少威脅，他不會那樣對妳。雖然我不想承認，不過這世界上大概沒有哪個傢伙比他更愛妳。」

正因為看得清楚，所以他最後才會選擇退讓。

「是這樣嗎？」艾蕾卡驚詫地問。

「我以為我是……」她慌亂地隨意打了個手勢，「他想羞辱你的附帶品。」

哈德蘭嗆咳了好幾聲，「老天，這五年來，妳難道沒有感覺到他變得比較好說話？我是說，跟結婚之前相比。」

「呃，他向來都很混帳。」艾蕾卡不得不承認這個殘酷的事實。

「噢，親愛的艾蕾卡，妳不知道他以前是什麼樣子。」哈德蘭搖搖頭，「『混帳』還不足以形容他，下人們都在背地裡叫他『啻雷』。」

「你說那隻傳說中脾氣超差，專門掌管雷電的神獸？我從來沒聽人這麼叫過提姆。」艾蕾卡遲疑地道。

「因為會這麼叫他的人都死了。」哈德蘭嘆了一口氣，叮嚀道，「妳只要記得，他會傷害任何人，卻絕對不會傷害妳，所以盡量發揮妳的影響力。」

「是嗎？」艾蕾卡喃喃自語，「你當年就知道了？」

哈德蘭凝視艾蕾卡，「對。」

這是五年來第一次，他們開誠布公地談論當年的失信與錯嫁。

「那你是因為這樣而離開？因為你覺得他愛我？」艾蕾卡不可置信地問，忽然感到自己的感情不受尊重，「你不知道我當年其實——」

「艾蕾卡。」哈德蘭打斷她，沒讓她說完那句話，「這樣很好。」

他沉沉地說：「我不是那個會待在埃德曼莊園的人，我也不適合婚姻。」

「為什麼？」艾蕾卡追問道，「因為亨利克伯父的關係？還是希莉伯母和你說了什麼？如果他們都還在的話……」

「艾蕾卡。」哈德蘭再度打斷她，「這些事不需要妳操心。」

他的態度很溫和，但眼裡滿是疏離。

艾蕾卡被那陌生的目光看得難受，忽然想起哈德蘭孤身向前砍殺黑蟄蠍的身影。

她深深吸了一口氣，放軟語調，「哈德蘭，不要習慣孤獨，孤獨會讓你變得冷漠、忘記情感，最終你會失去你的心。」

哈德蘭失笑，他伸手拍了拍艾蕾卡的肩，「別操心我，我去看看他們。」

他站起身往營火堆走去。

艾蕾卡目送著他的背影，看見哈德蘭站到皮拉歐身側，皮拉歐拿起一串完全焦黑的不知名物體遞給哈德蘭，盧考夫制止未果，滿臉無可奈何。她正想著可惜浪費了食物，卻看見哈德蘭毫不猶豫地接過那個焦黑的物體，一口一口吞吃入腹。

她詫異地站起身，盧考夫也是一臉驚訝，此時皮拉歐又塞給哈德蘭另外兩串焦黑物體，哈德蘭依舊照單全收。

她走過去，聽見皮拉歐獻寶似地道：「哈德蘭，我跟盧可強調你喜歡吃這種全部黑黑的，他還不相信我。」

哈德蘭嘴裡咬著早已習慣的焦脆物體，配合地道：「只要是你烤的，我都會吃。」

盧考夫連忙湊到她身側，「哈德蘭的味覺壞了怎麼辦？是不是因為噴到黑蟄蠍的血？」

他忽然一頓，「但我的味覺沒問題，妳的呢？」

艾蕾卡的目光掃過擔憂的盧考夫，轉向將焦黑物體咬得嘎滋作響的哈德蘭和神態歡快的皮拉歐，某種猜測一閃而過。

「我沒事。」她問，「有什麼可以吃？」

「我把大螯裡的肉刮出來煮湯，味道不錯。」盧考夫遞來一碗黑蟄蠍湯，「妳試試。」

艾蕾卡喝了一口，吃了幾塊肉，「好喝。」

她指著幾支只剩空殼的大螯，「你打算把那些東西搬回去？」

「我裝了不少黑蟄蠍的血讓探險隊公會研究，也許能做出防禦裝備。」盧考夫從懷中掏出一個裝滿黑血的玻璃瓶輕輕搖晃。

「真有你的。」艾蕾卡讚許道，「也給哈德蘭一碗吧。」

「好主意，說不定能治癒他受損的味覺。」

盧考夫拿著一碗湯走過去，遞給努力吞嚥焦黑物的哈德蘭。

哈德蘭喝了一口，口齒不清地道：「謝了。」

他又將碗遞給皮拉歐，「你也喝一點。」

皮拉歐俯身嗅了嗅那碗湯，喝了一大口，咂嘴道：「我覺得不烤的比較好吃。」

「因為你向來都吃最新鮮的生魚。」哈德蘭笑道，「等我們出去之後，我再帶你去海邊抓。」

「我得先把藍玫瑰拿回去交給艾塔納瓦大長老。」皮拉歐撫摸著放在自己心口處的玻璃瓶。

盧考夫向哈德蘭投去一道思慮的目光，哈德蘭恰巧錯開視線。

「我能跟你回去看看嗎？」

皮拉歐搖搖頭，「人類無法潛到那麼深的地方，除非——」

他一頓，臉色不明地看著哈德蘭，忽然窘迫地別過臉，含糊地說：「跟我一起的話，也許可以。」

哈德蘭沒聽清，又問：「一起什麼？」

皮拉歐咕噥一聲，冒出一大串氣音交雜的語言，頸側的鰓向外展開頻頻扇動，甚至微微發紅。所有人驚奇地盯著他，盧考夫悄聲問：「他說什麼？」

「我沒聽過。」哈德蘭搖頭，忽然強烈意識到皮拉歐和他的不同。

如果漁人不上岸，無法在陸地待上這麼長的時間，沒有如此強的語言學習能力，他們根本不可能碰見、也無法交談，更不會像現在這樣自然地相處。

他們不會有相識的機會。

心臟彷彿瞬間冒出氣泡，又悶又漲，一股說不出的難受在他的胸腔盤旋。

「哈德蘭！」皮拉歐的表情是不同以往的嚴肅，彷彿是在審慎思考後，做了一個重大決定。

「怎麼了？」哈德蘭強迫自己忽略心頭的異樣，收斂心思正色以對。

「當我的伴侶！跟我交配吧！」皮拉歐中氣十足地喊道。

盧考夫倏地噴出一口湯，全噴到哈德蘭臉上。

黑蟄蠍的碎末從哈德蘭的臉頰緩緩滑下來，他用袖口抹掉湯漬，胸腔的氣泡忽然消失了，他的嘴角毫無自覺地浮出笑意。

「別鬧。」

「跟我交配的話，你就可以跟我一起潛進海底！」皮拉歐握緊哈德蘭的雙肩，雙眼之間的光芒熠熠生輝，「我帶你去看藍白金礦山。」

「只有這個方法嗎？」哈德蘭失笑。

「只有司琴者有能力轉化他的伴侶。當我的伴侶吧，我會替你烤食物，還會幫你照顧駱駝，世界上所有你想要的東西我都會送給你。」皮拉歐神色認真，「我會把『緘默』送給你。」

「我不用你幫我烤食物和照顧駱駝。」

哈德蘭再度被漁人的誓言逗出笑意，他掙脫皮拉歐的箝制。

「你自己留著它吧，你比我更需要。」

皮拉歐並不氣餒，「哈德蘭，我會證明給你看，我是最強壯的。總有一天，你一定會選我。」

哈德蘭凝視著漁人，感覺這句誓言宛如洶湧的海潮，猛烈而熱燙地沖刷他的感官。

數幀畫面一閃而過。擋住黑蟄蠍的皮拉歐、抓住駱駝的皮拉歐、痛揍黑熊的皮拉歐、劃破食肉植物捕蟲籠的皮拉歐，漁人強悍的身體素質在他面前一再展現。

在歷經數次的生離死別之後，哈德蘭特別需要這種對生命強而有力的保證，他毫不懷疑皮拉歐會做到他的承諾。

「哈德蘭。」盧考夫不安的叫喚打破慰藉的幻象。

哈德蘭微微扯起唇，聲音的溫度降了下來。

「看來你得自己一個人帶著藍玫瑰回家了。」

他轉身往帳篷走去。皮拉歐隨即跟上哈德蘭的腳步，鑽進帳篷裡，一面說著：「我很快就會回來找你。」

盧考夫湊近艾蕾卡，低聲問：「妳覺得哈德蘭什麼時候要動手？」

「別擔心，哈德蘭一向自有打算。」艾蕾卡失神地盯著兩人的背影，震驚於倏然的領悟。

「怎麼了？」盧考夫敏銳地問。

艾蕾卡的腳尖不自覺地反覆點地，心情異常煩亂。

「盧可，如果有一天，哈德蘭違背探險隊公會的指令，你會不會站在他那一邊？」

「像是私自出任務之類？」盧考夫隨意地問，「探險隊公會不會為了這種小事跟他過不去。」

艾蕾卡不再多言，她藉故收拾行囊走近帳篷，聽見皮拉歐開始形容海底的壯闊景色，誘使哈德蘭一同前往。

哈德蘭並未答應，卻也配合地問了不少問題，讓漁人更加興致高昂地介紹自己的故鄉。她聽得出來哈德蘭是真的感興趣，不是為了替探險隊公會打探情報。

她瞬間決定對盧考夫隱瞞她的發現。哈德蘭或許會推拒他們這些伙伴的關心，卻不是抗拒對外的所有交流，他對皮拉歐確實不同。

最好的證據就是，對於皮拉歐的求婚，哈德蘭並沒有拒絕。

斯堪地聯邦冒險手記

CHAPTER TEN

第10章

The Tales of Skandia Federal

皮拉修剛回到居住的石洞，一股小漩渦隨即在他的耳側打轉，威嚴的聲息順著水流灌進他的左耳，「過來。」

皮拉修用食指指爪從右耳勾出那股小漩渦，往外一甩，小漩渦無聲無息地消散在海流中。

他游到理斯家族的殿堂，他的父親、五個叔伯與三個姑姑圍成一圈，艾塔納瓦大長老游在家族圓圈的正中心，正發出轟隆隆的聲息，聲息帶起的漩渦籠罩所有的漁人。

「我再次強調，除了被認可的司琴者，任何漁人都不被允許私自上岸。」

皮拉修揉了揉臉，擺出愧疚和心虛的矯飾，緩緩游近家族會議，接受即將來臨的審判。

「皮拉修．理斯。」

一股漩渦從他腳底下方逐漸成形，水流隨著莊嚴的聲息擴張，漸成一個巨大的漩渦。

猛烈的水流帶著精神力，爭先恐後地鑽進皮拉修的耳朵，如針尖般反覆戳刺他的腦袋。他咬緊牙關，忍耐違規而得的懲罰，他將這視為一種無聲的抗辯。

漩渦持續數分鐘，終於慢下轉速，規模漸漸縮小，皮拉修的臉色已然泛白。

「說明你私自上岸的理由。」

艾塔納瓦大長老的聲息再度形成中型漩渦，圍繞在皮拉修身側。他每一次聲息形成的漩渦都能讓成年漁人的精神力大受影響。

在他這個年歲，仍擁有如此高的共鳴力與精準控制力的漁人，北之海域沒有第二位，他的共鳴力為他贏得整個北之海域的敬重。

「我很好奇陸地上的生活，聽到皮拉歐可以上岸也想跟去看。」

皮拉修給出練習千百次的理由，隱藏真心話對他而言並不容易，尤其是在巨大精神力的干擾之下。

但耐心是他最大的優點，他願意耗費數個月去練習一首安魂曲直到爐火純青，當然也能用同等的耐心去練習新的事物。

他向來享受透過練習，從無到臻至完美的過程。挑戰困難是理斯家族的天性，唯有在這種時候，他特別認同自己的血脈。

然而可笑的是，司琴者的選拔講究應變能力與共鳴天賦，每個漁人從出生的那一刻起，就注定是否有資格成為司琴者，毫無改變的空間。

「司琴者出於理斯家族」這句流傳在北之海域的名言，對理斯家族是一種至高無上的榮耀，對他卻是姓氏帶來的框架。

注定了競爭，注定了失敗。

「皮拉修．理斯，上岸理由不成立，即刻起禁足一個月，不得參與漁人祭典。」

四股漩渦分別捲住他的四肢，皮拉修被一股大漩渦拘禁在家族殿堂的中心。

他試圖透過漩渦看向父親，父親卻已然轉開視線，重新加入家族會議，迴避受刑者與自己的親屬身分，彷彿他的存在無足輕重。

他終於意識到，尋求父親認同的自己有多麼愚蠢。

某種苦澀的東西從他的心裡流出來。

她認為世間的一切都能明標價碼，無論是性愛或生命，只要標上價碼，一切就能交易。

男人在她身上起伏，將粗野的喘息噴在她的頸側，年長男人的鬍渣刺著她的肌膚，讓她渾身湧起一股興奮的戰慄。

蘿絲特別喜歡與年長的男人做愛，尤其是年紀足以做她父親的男人，這也許與父親對她的性啟蒙有關。

她熱情地擁住男人的背脊，伸出舌輕柔地舔過他的喉結，男人一顫，更加凶狠地挺進她的體內，挺腰擺動的頻率加劇。

她熟知男人沉溺於性欲的每一種反應，故意輕柔地在他的耳邊說：「岩肯大人，盡情地將您的熱情澆灌在我的體內，占有我吧。」

如她所料，岩肯的動作在她的呢喃中變得愈加勇猛，而後在她的體內洩出熱液。

大汗淋漓的男人心滿意足地擁著她，「蘿絲，妳真是個寶貝。」

她真誠地笑出聲來，「我最喜歡聽到男人叫我寶貝。」

她翻過身面向男人，吻住他，一粒藥丸隨著舌尖推到他的咽喉裡，讓他不由自主地吞嚥。

「妳給我吃了什麼？」岩肯警覺地單手伸向配劍，一手掐住她的頸子。

「一點、助興、的東西。」

她斷斷續續的回答並未打消岩肯的疑慮。

「不管是什麼，馬上拿給我解藥，否則我保證會扭碎妳的脖子。」

岩肯撂下威脅的那一刻，強烈的暈眩感讓他不得不放開蘿絲，他搖頭晃腦，「妳、妳、為什麼……要錢是吧，我能給妳、妳……」

不過一眨眼的時間，他頹然倒在蘿絲的身上，陷入昏迷。

蘿絲用力一推，將岩肯推落在地。她起身穿好衣服，打開房門，戴著斗篷的男人正站在門外。

他指揮著兩名全身黑衣的男人將岩肯拖出房間，隨後看向蘿絲。

「妳做得很好，睿智的摩羅斯科大人一定會傳音獎勵妳。」

蘿絲哼笑著接過一小包金幣，目送三人離去。她隨手將那包金幣扔在茶几上，對著鏡子整理自己的儀容。

從父親第一次撫摸她身體的那一刻起，她的信仰就死了。她才不在乎能不能聽到神音，也不打算成為摩羅斯科的信徒。

至於錢呢，她當然喜歡，不過她更喜歡的是，讓社會地位高高在上的男人身敗名裂。

岩肯被拖到地牢之中，男人脫下斗篷顯出一頭白髮。

「你們都出去。」

「貝索里尼，找到人了？」

低沉的聲音從樓梯上方傳來，在陰冷的地下牢室迴盪，更顯得冰冷無情。

「爵爺。」貝索里尼總管躬身行禮，「就是他。」

此刻昏迷的岩肯並不知道，他再也沒有機會見到陽光。

兩天後。探險隊公會，總事務官辦公室。

「你說什麼？保管處遭竊？丟失了什麼東西？」

恩爾菲斯特拍著桌面，手肘碰倒桌上的茶杯。茶杯剎那間摔落在地，白瓷碎片在辦公桌前四處碎散。

——彷彿是種不祥的預兆。

「失竊物是一把尾端鑲嵌著藍寶石的匕首，是從基里部落繳獲的。」馬拉利脫力般再度強調，「總事務官，就是『那把』匕首。」

「你搞清楚竊賊怎麼進去了嗎？」恩爾菲斯特試圖釐清問題，即便這對損失毫無助益。

「他們使用羅素副隊長的通行令。」馬拉利的神情在陰影之下更加陰沉，「我查了各地的通行記錄，羅素副隊長已經失蹤兩天了。」

恩爾菲斯特單手摀住眼，頹然地坐下。

他從不懷疑岩肯對探險隊公會的忠誠，反而更憂心岩肯的生命安危。

岩肯雖然不夠機靈，個性單純易怒，但他的劍術高超，敵人猝然偷襲也難以在短時間取勝，更別提擊敗他。

對方究竟是怎麼在不驚動岩肯的情況下，無聲無息地綁架他？

愈往南，雲層逐漸加厚，濃稠如牛乳般的白霧籠罩天空。

藍喉北蜂鳥振翅急飛，衝入大霧之中，右腳上的羊皮紙捲忽隱忽現。

忽然間一陣悠揚的笛音響起，宛若輕快的婉轉鳥鳴。

藍喉北蜂鳥拍著翅膀，陡然轉向偏離航道，飛往在空中振翅撲騰的身影，停在一隻粗壯的手臂上。

片刻後，藍喉北蜂鳥回到航道，往賽提斯飛去。

——《斯堪地聯邦冒險手記I——漁人司祭與冒險者——》完

斯堪地聯邦冒險手記

SIDESTORY

番外

緘默之匕

The Tales of Skandia Federal

艾塔納瓦的心臟開始跟隨水波震動的頻率跳動。他是第一個感覺到不對勁的漁人，握著藍金豎琴的森伏塔是第二個，斯懭是第三個。

艾塔納瓦壓下驚愕，看向斯懭父子。

「你們感覺到了嗎？」

森伏塔以指尖滑過豎琴，送出一道水波，在其他漁人察覺之前抵銷那道突如其來的能量。

「很強大的共鳴力。」他的聲音帶著一絲忌憚。

「是理斯家族的血脈。」艾塔納瓦肯定兩人的猜測，「誰家的孩子剛出生？」

「我的小兒子森伏奇。」斯懭備感欣慰，「下一任司琴者注定出自森伏奇家。」

「皮拉修出生時，附近的水波也翻騰過。」森伏塔決意替兒子爭取司琴者的資格，他向艾塔納瓦強調，「皮拉修不會輸給任何人。」

「身為理斯家族的一員，他們將會共同競爭。」艾塔納瓦不願過早下定論，

「無論如何，司琴者必出於理斯家族。」

那是榮耀，也是枷鎖。

深海與黑暗融為一體，視覺毫無用處，在這裡生活的生物多利用水波、聲波等能量波感知其他生物的動向。

艾塔納瓦不只一次思考過，漁人之所以保有視覺的原因，是因為藍白金礦山終年不滅的熾芒。

藍白金礦山坐落於北之海域一隅，礦山最外層覆蓋厚重的灰石，整座礦山散出介於燦藍與熾白之間的烈芒，光芒銳利如刃，似能切開任何靠近的生物。

艾塔納瓦游近礦山，熾芒在艾塔納瓦的眼裡反射著絢爛的色彩，他的心臟跳動得更加劇烈，彷彿即將從胸口一躍而出。他隨即停在距藍白金礦山約兩個身長的距離，這是他共鳴力的極限。

前一晚，皮拉歐出生那刻，他的心臟也感受到同樣的共鳴。

原有的猜測得到應證，他吐出一口氣向後游。

他不相信巧合，但相信宿命。皮拉歐將來必大有可為。

漁人在成年禮時，能以自身共鳴力贏得與自己共鳴度最高的那把匕首，但並非每一把藍寶石匕首都有名字。

這讓「緘默」顯得無與倫比。

傳聞中，「緘默」是由最偉大的鍛造師伊薩克振所製作。

伊薩克振從藍白金礦山外層的灰石打磨出藍寶石，鑲嵌在「緘默」尾端。完工後，他將「緘默」獻給自己的家族，並由當時的大長老議定，將「緘默」掛於理斯家族的殿堂作為守護與鎮邪之寶。

皮拉歐第一次在眾漁人面前展露頭角，是成年禮時以共鳴力操控水流，將高掛於理斯家族殿堂的藍寶石匕首「緘默」捲進自己手中。

隨後艾塔納瓦以大長老的身分，遵循古禮將「緘默」交付給皮拉歐，宣稱皮拉歐為「緘默」的指定繼承者。

此舉引起理斯家族的震盪，皮拉歐即將被選為司琴者的猜測席捲北之海域。

艾塔納瓦與各家族大長老開會討論，宣布皮拉歐仍需參與司琴者的選拔，依靠實力取得司琴者的資格。

事實上，誰都知道這一任的司琴者選拔不過是場形式，皮拉歐的共鳴力注定將拔得頭籌。

在眾漁人的耳語之間，皮拉歐毫不受影響，他持續針對體力、應變與琴技進行練習。果不其然，皮拉歐隨後在選拔當日以最高分拿下「司琴者」的名號。

森伏塔握著自己的藍寶石匕首，在藍金豎琴之前與皮拉歐進行「司琴者」的交接儀式。

自此，皮拉歐以司琴者的身分名揚北之海域。

與皮拉歐之名同時流傳的，還有伊薩克振的一句箴言——

「保持緘默，堅定本心，必將無堅不摧。」

——番外〈緘默之匕〉完

斯堪地聯邦冒險手記

AFTERWORD

後記

The Tales of Skandia Federal

這是與朧月合作的第二部長篇小說，也是第一次挑戰長篇的奇幻小說，感謝出版社非常大膽地決定要出版這個故事！

《斯堪地聯邦冒險手記》最開始的發想其實是《獵人》的〈蟻王篇〉，當時覺得蟻王這個角色相當帥氣，同時也因為撰寫了多部現代都市背景的故事，想要藉機換換口味，才想寫一個全身都綠綠的主角。

一開始只是一兩個畫面閃過，血滴濺在地上，一臉淡漠的主角毫不在意手上的傷、在海底泛著藍色金光的豎琴，主角在彈奏豎琴時海流會繞著他旋轉，因為這樣那樣，所以順理成章地幫主角增加許多海底裝備，皮拉歐就誕生了。

有了靈感後，開始架設大綱，然後開心地動筆了。

結果第一集寫了一大半才想到，當初似乎是想要設定皮拉歐有像蟻王一樣又粗又長又健壯的尾巴，但皮拉歐的設定寫了半天，什麼都想到了，就是沒有想到要加上一條尾巴，但事已成定局，只好黯然地接受沒有尾巴的皮拉歐（遺憾）

至於另一位主角哈德蘭，相對而言是比較深沉的角色，在琢磨他的內心想法時，不停修修改改，直到跟他愈來愈熟，描寫他才比較得心應手。

第一集是純情青年的冒險故事，在構思的時候，還和朋友杯子說：「這兩個人一個不懂什麼是愛情，一個完全不想談戀愛，要怎麼發展他們之間的基情呢?!」

幸好，基情會在激情時分自然展現，希望大家都有感覺到兩位主角之間的基情滿點！

這一部冒險故事中，出現許多非比尋常的動植物，我自己在設定時也覺得很有趣，還寫了一個伊爾達特生態圈的小小食物鍊，感覺在不知道的地方，他們也都努力地活著呢！

下一集開始，除了皮拉歐與哈德蘭會繼續他們的冒險故事外，還會揭露更多陰謀，帶來更多不同的視角與觀點，與更多可愛動物，希望大家也能一起享受這趟旅程，順便跟他們一起拯救世界！

生生

高寶書版集團
gobooks.com.tw

FH040

斯堪地聯邦冒險手記 I —漁人司祭與冒險者—

作　　者　本生燈
繪　　者　Rylee
編　　輯　薛怡冠
校　　對　林雨欣
美術編輯　林鈞儀
排　　版　彭立瑋
企　　劃　方慧娟

發 行 人　朱凱蕾
出　　版　朧月書版股份有限公司
　　　　　Hazy Moon Publishing Co., Ltd
地　　址　臺北市內湖區洲子街88號3樓
網　　址　www.gobooks.com.tw
電　　話　(02) 27992788
電　　郵　readers@gobooks.com.tw（讀者服務部）
傳　　真　出版部　(02) 27990909　行銷部 (02) 27993088
郵政劃撥　19394552
戶　　名　朧月書版股份有限公司
發　　行　英屬維京群島商高寶國際有限公司台灣分公司
　　　　　Global Group Holdings, Ltd.
初版日期　2022年9月

國家圖書館出版品預行編目(CIP)資料

斯堪地聯邦冒險手記/本生燈著.-- 初版. -- 臺北市
：朧月書版股份有限公司出版：英屬維京群島高寶
國際有限公司臺灣分公司發行, 2022.09-
　面；　公分. --

ISBN 978-626-96111-8-8(第1冊：平裝)

863.57　　　　111008221